スローリズム

杉原理生

幻冬舎ルチル文庫

イラスト・木下けい子✦

◆隔月刊
ルチル
Rutile
◆奇数月22日発売
vol.23
キュート&スウィートな
ボーイズコミック♥
表紙イラスト図書カード全員サービス!!
(読者負担あり)
定価680円(本体価格648円)
2008年3月22日(土)発売
表紙 如月弘鷹
ピンナップ 志水ゆき
【読みきり】
望月朝斗
後編
遥々アルク
本誌初登場
語シスコ
本誌初登場
ほり恵利織
【シリーズ読みきり】
梅太郎/松本ミーコハウス
【好評連載 第3話登場!!】
[KEEP OUT]
原作:ひちわゆか
作画:如月弘鷹
【最終回】
[69]シマダマサコ
[指先から伝わる]
高岡ミズミ+古田アキラ
【大好評連載陣】
南野ましろ/有間しのぶ/テクノサマタ
吹山りこ/一之瀬綾子/トジツキハジメ
和泉 桂+金田正太郎/神奈木 智+桃月はるか
崎谷はるひ+山本小鉄子
木々/秋葉東子/田中鈴木
富士山ひょうた/ヨネダコウ/星野リリィ
巻頭カラー
新連載!!
九號[ACID TOWN《アシッドタウン》]
センターカラー
新連載!!
名瀬雅良
ターカラー
トヲル

2008年5月の新刊
崎谷はるひ
ill.ヤマダサクラコ
神奈木智
ill.山葵マグロ
砂原糖子
ill.小鳩めばる
愁堂れな
ill.田倉トヲル
きたざわ尋子
ill.織田涼歌
文庫化 遠野春日
ill.小椋ムク
文庫化 真崎ひかる
ill.陵クミコ
幻冬舎 ルチル文庫
奇数月15日発売
2008年5月15日発売予定
予価各560円(本体予価533円)
※使用イラストは2007年11月刊のものです。

幻冬舎

ルチル文庫

2008年3月の新刊 絶賛発売中!!

玄上八絹［千流のねがい］イラスト 竹美家らら ●650円(本体価格619円)
和泉　桂［水面に睡る月］イラスト あかつきようこ ●560円(本体価格533円)
高岡ミズミ［天使の片羽《かたは》］イラスト 奈良千春 ●560円(本体価格533円)
神奈木智［薄紅に仇花は燃ゆる］イラスト 穂波ゆきね ●540円(本体価格514円)
坂井朱生［リリカルな秘密のかたまり］イラスト 亀井高秀 ●560円(本体価格533円)
水上ルイ［恋愛小説家は夜に誘う］イラスト 街子マドカ ●540円(本体価格514円)
杉原理生［スローリズム］イラスト 木下けい子 ●580円(本体価格552円)

文庫化
砂原糖子［シンプル・イメージ］イラスト 円陣闇丸 ●580円(本体価格552円)
岩本　薫［だからおまえは嫌われる］イラスト 九號 ●600円(本体価格571円)
崎谷はるひ［ねじれたEDGE］イラスト やまねあやの ●650円(本体価格619円)

ルチル文庫　既刊ラインナップ一覧

◎発行・幻冬舎コミックス◎発売・幻冬舎

麻生雪奈	オオカミ的恋愛論	ill：神葉理世
いおかいつき	好きこそ恋の絶対	ill：奈良千春
	君こそ僕の絶対	ill：奈良千春
	恋する絶対の法則	ill：奈良千春
	愛こそ明日（あした）の絶対	ill：奈良千春
	君が涙を溢れさす	ill：高城たくみ
	夏からはじまる恋人時間	ill：佐々成美
和泉 桂	駆け引きのレシピ	ill：樹 要
	宵待の戯れ〜桃華異聞〜	ill：佐々成美
	主人の本分	ill：松本テマリ
	ファーストステップ	ill：テクノサマタ
うえだ真由	8年目の約束	ill：紺野キタ
	スイートルームでくちづけを	ill：片岡ケイコ
	この口唇で、もう一度	ill：やしきゆかり
	キャラメルビターの恋人	ill：麻々原絵里依
小川いら	獅子座の男	ill：トジツキハジメ
	太陽を抱く男	ill：トジツキハジメ
	胸にしまっておけよ	ill：桃月はるか
	盃、いただきました	ill：高城たくみ
	七代目、お譲りします	ill：高城たくみ
神奈木 智	彼のあまい水	ill：奥田七緒
	やさしく殺して、僕の心を。	ill：金ひかる
	おまえは、愛を食う獣。	ill：金ひかる
	君が、ひとりで泣く夜に。	ill：金ひかる
	彼の孤独を、飼い慣らせ。	ill：金ひかる
	世界でいちばん愛しい翼	ill：桃月はるか
	群青に仇花の咲く	ill：穂波ゆきね
	神からソレを奪い取れ	ill：山葵マグロ
きたざわ尋子	恋情のキズあと	ill：佐々成美
	昼も夜も	ill：麻々原絵里依
	ありふれた恋よりも	ill：ほり恵利織
	いつか君が降った夜	ill：ほり恵利織
	恋さえも君との約束	ill：ほり恵利織
	君を抱いて眠りたい	ill：ほり恵利織
	視線のキスじゃものたりない	ill：街子マドカ
	不確かなシルエット	ill：緒田涼歌
木原音瀬	こどもの瞳	ill：街子マドカ
黒崎あつし	甘い首輪	ill：街子マドカ
	優しい鎖	ill：街子マドカ
	王子さまは誘惑する	ill：高星麻子
玄上八絹	篝火の塔、沈黙の唇	ill：竹美家らら
坂井朱生	朝を待つあいだに	ill：赤坂RAM
	たとえばこんな言葉でも	ill：赤坂ＲＡＭ
	愛だけは待てない	ill：赤坂RAM
	いとしさで包まれたなら	ill：あかつきようこ
	彼の甘い密室	ill：紅月羊仔
	ルーズな身体とオトナの事情	ill：富士山ひょうた
	スウィート・ドリームス	ill：大峰ショウコ
	シュガー・メイビィ・ラヴ	ill：大峰ショウコ
	セカンドライン	ill：桜川園子
	カラフルに秘密をつめて	ill：亀井高秀
榊 花月	さよならヘヴン	ill：紺野キタ
	言葉もなく、花は	ill：九 號
	カミングホーム	ill：山本小鉄子
	ダークサイドを歩け	ill：九號
崎谷はるひ	いつでも瞳の中にいる	ill：梶原にき
	いつでも鼓動を感じてる	ill：梶原にき
	ひめやかな殉情	ill：蓮川 愛
	しなやかな熱情	ill：蓮川 愛
	あざやかな恋情	ill：蓮川 愛
	恋愛証明書	ill：街子マドカ
崎谷はるひ	キスができない、恋をしたい	ill：街子マドカ
	絵になる大人になれなくても	ill：ヤマダサクラコ
	きみと手をつないで	ill：緒田涼歌
	ANSWER	ill：やまねあやの
	SUGGESTION	ill：やまねあやの
	純真にもほどがある!	ill：佐々成美
	あしたのきみはここにいない	ill：山本小鉄子
桜木知沙子	70%の幸福	ill：麻々原絵里依
椎崎 夕	あなたの声を聴きたい	ill：街子マドカ
	本当のことは言えない	ill：街子マドカ
杉原理生	いとしさを追いかける	ill：麻々原絵里依
	世界が終わるまできみと	ill：高星麻子
砂原糖子	夜明けには好きと言って	ill：金ひかる
	真夜中に降る光	ill：金ひかる
	センチメンタル・セクスアリス	ill：ヤマダサクラコ
	ヤクザとネバーランド	ill：高城たくみ
	セラピストは眠れない	ill：金ひかる
愁堂れな	花嫁は二人いる	ill：樹要
	罪な告白	ill：陸裕千景子
	罪な愛情	ill：陸裕千景子
	unison	ill：水名瀬雅良
	variation 変奏曲	ill：水名瀬雅良
高岡ミズミ	あなたと恋におちたい	ill：山田ユギ
	突然、恋はおちてくる	ill：山田ユギ
	野蛮なロマンチシスト	ill：蓮川 愛
	不機嫌なエゴイスト	ill：蓮川 愛
	我儘なリアリスト	ill：金ひかる
	終わらない夢のつづき	ill：片岡ケイコ
	夢の欠片をあつめて	ill：亀井高秀
	天使の啼く夜	ill：奈良千春
	天使の爪痕	ill：奈良千春
	恋は君に盗まれて	ill：西崎祥
	君に捧げる求愛（プロポーズ）	ill：西崎祥
	可愛いひと。①	ill：御園えりい
	可愛いひと。②	ill：御園えりい
月上ひなこ	君が誰の隣りにいても	ill：山田ユギ
	そこに愛はあるのか	ill：山田ユギ
	たったひとつだけの恋	ill：山田ユギ
	この血の果てに	ill：奈良千春
ひちわゆか	お願い! ダーリン!①	ill：桜城やや
	お願い! ダーリン!②	ill：桜城やや
	六本木心中①	ill：新田祐克
	六本木心中②	ill：新田祐克
	チョコレートのように	ill：金ひかる
真崎ひかる	白雨（はくう）	ill：瞳クミコ
松前侑里	ラブバードを探して	ill：亀井高
	ピンクソーダの片想い	ill：亀井高
水上ルイ	王子様の甘美なお仕置き	ill：佐々成
	スウィートルームに愛の蜜	ill：ヤマ
雪代鞠絵	スウィート・セレナーデ	ill：樹
	眠れない夜のすごし方	ill：亀
	全寮制櫻林館学院〜ゴシック〜	ill：
	全寮制櫻林館学院〜ルネサンス〜	ill：
	全寮制櫻林館学院〜ロマネスク〜	ill：
	シガレット・ラブ	ill：
	蜜月〜Honey Moon〜	
	蝶よ、花よ	
李丘那岐	マイ・ガーディアン	
	くちびるに愛の歌	
	この愛を喰らえ	
	その純情を暴け	

CONTENTS ✦目次✦

スローリズム

✦カバーデザイン＝吉野知栄（CoCo.Design）
✦ブックデザイン＝まるか工房

スローリズム

1

『寮の隣のやつがさ、毎朝歌ってるんだよね。どこかで聞いたことのあるメロディなんだけど、どうしても思いだせなくて。気がついたら、俺もそのメロディを何気なしに口ずさんでてさ』

矢萩《やはぎ》の電話は、いつもとりとめがない。

低音のよく響く声はボリュームを落としていても、ぼくの耳にしっかりとすべりこんでくる。ぼくは「ふうん」とか「ああ、そう」とかどうでもよさげに相槌《あいづち》を打つ。

時計は深夜0時を回ったところだ。

矢萩は毎週二回、必ず電話をかけてくる。たいていは月曜日と木曜日。なぜだか知らないけれども、そういうサイクルになっている。月曜日は「週末なにしてた?」ではじまって、木曜日は「今週ももうすぐ終わりだね」となる。恐るべきワンパターン。

けれども、このワンパターンは決して悪いものじゃない。時報が鳴るように、ごくあたりまえにかかってくる矢萩の電話。

この「習慣」ってやつは、なかなか曲者《くせもの》だ。聞きなれた声、からだのリズムに組み込まれた生活時間。ここが自分の居るべき場所だという安心感。「男は結局保守的なんだよな」——会社の連中と飲んだときにでたそんなやりとりを思いだす。

その証拠というわけでもないが、とりとめもない話を聞きながら、受話器を耳に押し当てているうちに、ぼくはいつのまにか目を閉じている。

退屈で眠くなるわけではなくて、自然に瞼《まぶた》が重くなるのだ。まるで聞き心地のよいスローなリズムの音楽を聴いているみたいに。

電機メーカー勤務で特許関連の仕事をしている矢萩は、「長期出張」という名目で、地方の工場内の研究所に三カ月から半年という期間で滞在をくりかえしている。

「水森《みずもり》、おまえ、工場がどういうところにあるか知ってる?」

長期出張がかさなるようになったころ、矢萩にそう問われたことがあって、ぼくは「さあ」と首をかしげた。

矢萩はその端整な容貌に拗《す》ねた子供のような表情を浮かべて、「なにもないところにあるんだよ」と嘆いた。

工場の周辺にはなにもない。日常の買い物でさえ、車で出かけなければならない。当然、娯楽もなにもない。

だから、夜になると、淋《さび》しくて電話をかけてくるのだろうか。

この春、矢萩は広島から栃木の研究所に移ってきた。「ようやく関東に帰ってこられた」

と喜んでいたけれども、「やっぱりなにもない」ということで、栃木にきて一カ月以上たつのに電話の回数はいっこうに減らない。都内の本社に会議で出てくることも多くなったから、週末には一緒に飲みにいったり出かけたりする機会も増えた。

ぼく――水森秋人《あきひと》と矢萩智彦《ともひこ》は、高校のときからの友達だ。半年会わないこともあれば、毎週のように飲み歩くこともある。どちらの状態でも、つねに一番身近に感じられる友達。どうしてこいつはこれほど自然にぼくの領域に入り込んでいるんだろう、と時折ふっと不思議に思うほど。

矢萩の印象を一言でたとえるなら、飄々《ひょうひょう》としている男。外見は格好いい。あくまで自然な立ち居振る舞いから、ふとしたときに「おっ」と感嘆してしまうような格好の良さ。切れ長の二重の目と尖《とが》った鼻梁《びりょう》をもつ顔立ちはスマートに整っていて、長身からすんなりと伸びた手足はしなやかな力強さを感じさせる。つまりは男らしい美点を完璧に兼ね備えているわけだ。同じ男として友人として、憎らしく、誇らしいほどに。

『……で、最近どう？』

これも、矢萩のお決まりの質問だ。週に二回も電話をかけてきているのだから、わざわざたずねなければならない「ぼくの近況」があるとは思えないのだけれども。

「どうって、なにが？」

『いや、つきあってる子、いる？　気になる子とか、できた？』

この質問をするとき、矢萩の声がいつも妙に上擦《うわず》っているように聞こえるのは、ぼくの気のせいだろうか。

「いないよ。いま、そっち方面にどうにも意識がいかなくてさ。面倒くさくて」

『木田《きだ》とかが、合コン、セッティングしてくるだろ。おまえ、女の子受けするから』

「ああ、あれはあいつの趣味だからさ。人数足りないっていわれれば、参上するけど。それだけだよ。俺がああいうの苦手って、おまえ知ってるだろ?」

大学時代の友人である木田修二《しゅうじ》の顔を思い浮かべながら、ぼくは先日も借りだされた合コンの不毛な光景を頭に甦《よみがえ》らせていた。たしかにぼくは女の子受けする。木田にいわせると、あまり飢えた感じがしなくて爽《さわ》やかに見えるためらしい。

それもこれも女顔といわれる細い顎《あご》をもつ輪郭と、色素の薄い髪や肌のせいだろうか。背丈はあるけれども、体形は間違っても逞《たくま》しいとはいいがたいし、たしかに肉食獣には見えないのかもしれない。しかし、いくら女の子の評価が高くても、見てくれだけであまりにも都合のいいイメージで受け取られているようで居心地が悪いのだ。もっともこの顔が嫌いだというほど、自分の容姿に頓着もないけれども。

木田は「もったいない」といつも嘆く。「だけど、水森はあまり積極的じゃないところが冷めたふうに見えて、女の子は却《かえ》ってそそられるんだろうなあ」と、勝手にひとのことを分析してくれる木田は、女に結構だらしがないけれども、友達としてはいいやつだ。

『――そっか』

矢萩が安堵《あんど》して口許《くちもと》をゆるめているさまが見えるようで、ぼくはなぜか意地の悪い気分になる。どうしてこんな気持ちになるのだろう？　という疑問符はとりあえず横に置いたまま。

「俺、忙しいとさ、全然その気にならないんだよね。なんていうか、もう淡白なもんでさ。枯れちゃったのかな」

矢萩は一瞬黙り込む。

ほうら、少しは動揺しろよ、とぼくは電話の向こうの矢萩の気配に耳をすませる。

ややあって、乾いた笑いが返ってきた。

『……そうなんだ。水森も、若いのにかわいそうだな』

「矢萩は元気なわけ？」

返答に再び間があいた。

『――俺と、猥談《わいだん》したいわけ？』

今度はぼくが黙る番だった。反撃する間を与えず、矢萩は畳みかけるように続ける。

『そんなにしたいなら、しようか。でも、俺の本音のエッチ話じゃ、水森は「気持ち悪い」って吐くかもしれないけどな。ちょっと待って。いま酒飲むから。そしたら調子がでる』

「わっ、待て。待てったら。俺が悪かったから」

矢萩が酒の席で披露するエロトークは、かなりエグイことで有名なのだ。おまけにまったく普段の二枚目の表情を崩さずに、さらりとものすごい内容を話すものだから、怖い。それに、やつが本音で話すといったら……。

『なんで？　頭のなかで、俺がいう相手のことを「彼」から「彼女」に変換してくれればいいだろ。そうすれば、かなりそそられると思うんだけど』

「いや。ちょっと疲れてるんで、それはまたの機会にお願いします」

『そりゃ残念』

楽しそうな矢萩の笑い声を聞きながら、ぼくはこっそりと嘆息する。

「彼」から「彼女」に変換——そうなのだ。矢萩智彦は、ゲイなのだ。男が好きなのだ。

◇◇◇

いきなりひとの度肝を抜く猥談と同じく、昔から矢萩が突然ぼくを驚かせることはよくあった。

その最たるものが、「ゲイである」という告白だった。

ぼくと矢萩は中学から一緒だったけれども、クラスが違っていたので仲が良かったわけではなかった。だが、矢萩は目立つやつだったので、存在だけは知っていた。

背が高くて、男前。そんなやつは学年に何人もいるけれども、ほんとの意味で人目をひくのはごく一握りだ。そいつがいるだけで周りの空気が変わる。矢萩はその一握りのタイプだった。

　三年のときには隣のクラスだったので、体育などの授業が合同になることはあったが、直接口をきいたことはなかった。合同授業のときはそれぞれのクラスのグループで固まっていたから、隣のクラスの人間関係はよくわからなかったが、はたから見ていても矢萩は目立つ男だった。

　威圧的な雰囲気で周りを圧倒しているわけでもなく、おちゃらけて騒いでいるから目立つわけでもない。浮わついた派手さは欠片《かけら》もなく、あくまでも端整で爽やかな風情なのに、笑いが沸き起こる中心にいる男。

　初めて話をしたのは、高校入試のときだった。同じ学校を受験して、席が前後になったのだ。開始時間前、後ろの席の矢萩がつんつんとぼくの背中を叩《たた》いてきた。

「緊張してる？」

　いきなり話しかけられて、びっくりした。

　合同授業のときに見かけるとおり、誰もがうらやむような男前が余裕たっぷりに微笑《ほほえ》むのが癪《しゃく》で、ぼくは対抗意識を刺激されるままに首を横に振った。

「いや、あんまり――」

ほんとのところは、緊張のしすぎで、前日はほとんど眠っていなかった。

矢萩はぼくの顔をまじまじと見つめたあと、「うらやましい」とためいきをついた。

「その落ち着きを俺にもわけてくれ」

ふいに腕をつかまれて、ぎょっとした。「なにするんだ」と声をあげると、矢萩は悪びれた様子もなく笑った。

「ゲンかつぎ。落ち着いてるやつにさわると、緊張がとけそうだろ」

あっけにとられるぼくのことなどお構いなしで、矢萩はペンケースからごそごそと「合格祈願」のお守りを取りだして、目の前にぶらさげてみせた。

「ほら。塾の講師にもらったんだけど、水森に貸してやろうか」

「いらないよ」

つっけんどんに答えながらも、余裕たっぷりに見えていた男がペンケースのなかにお守りをひそませていたことがおかしくて、ぼくは小さく噴きだした。

「笑うなよ。俺は信心深いんだ」

「だって、おまえ、そんなもの持ってきそうに見えないのにな」

矢萩は「そう？」ととぼけた様子で頬《ほお》づえをついた。

「水森は思ったとおりクールだな」

くだらないことを話したおかげで、緊張がとけて、おかげでその日は平常心で試験を受けることができた。

それからすぐに仲良くなったわけではなかったが、高校に入学してから、校内で、駅で顔を合わせるたびに自然に「おう」とあいさつするようになった。矢萩は実に気さくで、誰に対しても十年前からの知り合いのように振る舞うところがあった。

親しくなってから、ぼくは入試当日のことを「実は緊張していたんだ」と矢萩に話したことがある。すると、矢萩はおかしそうに目を細めた。

「知ってたよ。だって、目の下にクマを作ってたじゃないか。こいつ、眠ってないんだなと思ったよ」

当然、というように微笑まれて、ぼくは食えないやつだと眉《まゆ》をひそめた。「落ち着きを分けてくれ」といったのは、からかっていたのか。

「水森と話したら、俺も落ち着けそうな気がしたんだよ。隣のクラスで、顔と名前は知ってたし。予備校のお守りより効き目がありそうだったしな」

やっぱり食えないやつ、と思った。

水森と話すと、落ち着く――冗談なのか本気なのか、折にふれて、矢萩はぼくによくそういった。

相手が自分のそばにいてリラックスしていると思うと、ぼくも気を楽にして振る舞える。

あまり共通項があるわけでもないのに、ぼくたちがいつのまにかつるんで過ごすようになったのは、それが大きな理由だったのかもしれない。

やがて友達としてつきあっていくうちに、ぼくは矢萩に関してひとつだけ納得いかなくて首をひねるところがあった。

それは、もてそうなのに、矢萩の周辺からは女の子の気配がまったくしなかったことだ。男子校だから、男同士で女の子に関しての話はいくらでもする。ときには卑猥《ひわい》なこともいう。

矢萩はそういったとき、能面のような顔になってプイと横を向いてしまうのだ。やつなら経験豊富そうだし、いくらでも気の利《き》いたことがいえそうなのにと誰もが思う。あまりにも無反応なので、ときには明らかにしらけた雰囲気になることもあった。「おい、矢萩。なにすましてんだよ」と突っ込まれると、矢萩は困ったように眉を寄せるのだ。まるで自分には解けない難問を突きつけられたかのように。

潔癖なやつ、とぼくは思った。同時に、ぼくもそういった話題が得意ではなかったから、よけいに矢萩に親しみを覚えた。実はナイーブなんだな、というふうに解釈していたわけだ。

ある日、矢萩の家に帰りに立ち寄って、部屋でふたりで話していたとき、そのことに話題が及んだ。

「俺もあんまりそういうこと、ひとにペラペラ話したくない」

同意を求めるつもりでいうと、矢萩は意外そうに目をしばたたかせた。

「へえ、水森ってそうなんだ」

その返答に、ぼくは目を丸くした。

「矢萩もそうじゃないの？」

「俺？　俺は、猥談好きだよ。みんなの話すことも興味深く聞いてる。ただ、俺の考えてることは絶対に話せないのが残念だけど」

猥談好きだよ、とにっこりと笑われた時点で、ぼくのなかの「潔癖で、実はナイーブな矢萩」のイメージはガラガラと音をたてて崩れ落ちていった。

「え？　そうなの？」

「そりゃ好きだよ。当然だろ。男なら」

あくまで爽やかにいいきられて、ぼくはしばしくちごもった。

「なんで……自分の考えてることは絶対に話せないわけ？」

「そりゃひとにはとてもいえないようなスゴイこと考えてるから」

このきわどいやりとりのあいだも、矢萩はまったく動じたふうもなく、あくまで清々《すがすが》しい笑顔のままなのだ。

含みのある言葉にどう応えていいのかわからずに口ごもっていると、矢萩はぼくをおもしろそうに見つめて、ふっと唇をゆるめた。

「水森、なんで俺がこの学校にきたのかわかる？」

ぼくは「え」と首をかしげた。矢萩は「わかるわけないよな」といいたげに苦笑した。

「男子校だからだよ。俺、女が苦手なんだよね」

即座にはその意味するところがわからず、目をぱちくりとさせるぼくに向かって、矢萩は決定打の一言を告げた。

「俺、男が好きなんだ」

ぼくが再び絶句したのはいうまでもない。

その告白を聞いたあと、自分がどうやって矢萩の家から出てきたのか、よく覚えてない。

矢萩は翌日からまったく変わらない態度で、ぼくに「男が好きだ」と告白したことなど忘れているように見えた。なぜいきなりそんな爆弾発言をしたのか理解に苦しんだが、まさかほかの友達に「矢萩って男が好きだったんだな」と洩《も》らすわけにもいかず、ぼくはただひとりで悶々《もんもん》とする羽目になった。

放課後、いつもと同じように矢萩から「一緒に帰ろう」と誘われて、当然のことながらぼくの困惑は最高潮に達した。

「どうした？　水森」

どうしたもなにも――しかし、矢萩がわざと何事もなかったかのように振る舞っているかもしれないので、平静を装うしかなかった。

「いや……なんでもない」

家に帰り着くまで、ぼくはいつその話題が出るかと緊張していたけれども、矢萩はそのことには一言もふれなかった。

「じゃあ、また明日」

颯爽《さっそう》と去っていく背中を前にして、ひょっとしたらすべてが冗談で、からかわれたのではないかと思ったくらいだ。

もしほんとうのことだったら、あんなことをぼくに伝えて、周りのやつらにバラされてもいいのだろうか。

それとも、ほかに意味があるのだろうか。もしかしたら、友達にオープンにしてみたかったとか？　なにか悩んでるとか？

そうだとしたら、矢萩はぼくに相談をもちかけたかったかもしれないのに、あからさまに動揺して、詳しく話を聞いてやることもできなかったのは悪いことをしたのかもしれない……。

頭のなかであれこれ考えて、一週間後、ぼくは「話があるんだけど」と矢萩を学校帰りに自宅に誘った。

矢萩はぼくの部屋に入ってくるなり、「話って？」といぶかしげにたずねた。

「いや……このあいだのことなんだけど、おまえが『男が好きなんだ』っていったことさ、あれ、どういう意味なの？　どうしてあんなことといったのかわからなくて、俺、ずっと考えてたんだけど。なんかその……悩んでて、俺に相談したかったとか？」

矢萩は驚いたように目を瞠《みは》った。

「相談？」

「だって、いきなりあんなことをいっただろ？　いわなくてもいいことを——ほかにごまかしようだってあるのに。……もし、なにか相談したいことがあるんだったら、俺はあのときろくになにもいえなくて、悪いことをしたなと思って」

この一週間、胸に突っかかっていたことをやっとの思いで吐きだすと、矢萩は茫然《ぼうぜん》としたようにぼくを見た。

「水森、ずっとそのこと考えてたわけ？」

「え……いや」

「ずーっと俺がゲイなのか？　って考えてたわけ？　この一週間、気になって気になって、どうしようもなかった？」

「そ、そういうわけじゃ……！」

矢萩は「わかってるよ」といいたげに笑った。

「水森、ほかのやつらにいわなかったんだな。俺がいったこと。『あいつ、女に興味なさそうだと思ったら、男好きだったんだ』って」

「俺がそんなことというわけないだろ」

たしかに驚いたけれども、ぼくのなかには「男が好きだ」といった矢萩に対して不思議と嫌悪感はわいてこなかった。ただ、どうしてあんなことをいったのだろうと、そのことばかりが気になって。

「わかってるよ」

矢萩はもう一度くりかえした。ひどく満足そうに目を細めて。

「だからさ、俺は水森にいう気になったんだ。俺のことを知っておいてほしくて」

ストレートに好意を示されたことが照れくさくて、ぼくは目をそらした。

「水森はそういうのわかる？　男が好きだとか」

「わかるわけないだろ」

とっさに返答してから、矢萩が気落ちしたような顔になったのに気づいて、あわてて言葉を継ぐ。

「……でも、誤解するなよ。俺はべつにそんなの、なんとも思わないから。おまえがそうだからって……いや、そういうことがいいたいんじゃなくて。……つまり」

声が詰まったのは、どんなにうまく伝えようとしても、「男が好きだ」という事実を特別なことと捉《とら》えているように聞こえてしまうことには変わりがないからだ。そういう意味ではなくて、あくまで自然に受け止めている。そう伝えたいだけなのに。

「わかってるよ。水森は俺が男が好きだろうとなんだろうと、気にしないっていいたいんだろ」

「そう、その通り」

ぼくが勢い込んで頷《うなず》くと、矢萩はおかしそうに笑った。ぼくが「なんだよ」と睨《にら》みつけると、ますます愉快そうに肩を震わせる。ふと、笑いのなかに妙な含みのある視線をちらりと向けられて、ドキリとした。

「水森――おまえ、いいやつだな」

その言葉にはたしかに揶揄《やゆ》が込められていたと思う。いいかえせなかったのは、同時にふれることがためらわれるようなデリケートなものが、そして怖いくらいの真摯《しんし》さが滲《にじ》んでいたからだった。

「俺自身は周りにどう思われようが、あまり気にしてないんだよ。随分《ずいぶん》昔から、自覚してたことだから。周りがそれを受け止めてくれなくても、仕方ないと思ってるし、がっかりしたりはしない。俺はどうあっても変われないんだから、拒絶する人間にしたって同じことだろう。自分はこのまま変わりたくないのに、ひとにだけ『変わってくれ』とはいえない」

昔から矢萩は弁の立つやつだが、すらすらと物をいっているようでいて、どこか本音が見えないのも同じだった。煙に巻かれている感じを覚えながらも、こちらに突っ込む隙《すき》を与えない。

「だけど、水森にはどう思われるのか気になったんだ。期待したり、がっかりしたりするのはやめようと思ってても、知りたいと思うときはあるから。水森ならきっと大丈夫だろうと思って」

その一言で、なんだかんだいっても、矢萩にとっては『男が好きだ』と告げることが重大事だったのだと察せられた。やはり最初にろくな言葉をかけてやれなかったのは悪かったのかもしれない。

友達として頼りにならないやつ。そう失望されてしまっただろうかと考えることが、ぼくはなによりも怖かった。

「俺は……おまえのこと、がっかりさせたか」

「いや？　期待以上だったけど？」

矢萩はまたなにやら愉快そうな表情を浮かべたあと、ふっとぼくを見つめた。それはじりじりと迫ってくるような、それこそ毛穴の奥まで見つめられているような執拗《しつよう》な視線で、ぼくは思わずあとずさりしたくなった。

なんだよ、なんでそんなに見つめるんだよ——とひるんだとき、矢萩が感心したように呟《つぶや》いた。

「……水森ってきれいな顔してるよな。男にしちゃ、ちょっとどうかと思うほど」

いきなり妙なことをいわれて、ぼくは面食らった。

「よけいなお世話——」

「ほめてるんだけど？　美人だって」

さすがにぎょっとしながら身を引くと、矢萩はやんわりと唇の端を上げた。

「大丈夫だよ。そんなに怯《おび》えなくたって。とって食いやしないんだから」

「タチの悪い冗談いうな」

みっともなく動揺するぼくを前にして、矢萩はすましした顔をしていい放った。

「安心しろよ。おまえだけは絶対に好きにならないから」


つい昨日のことのように思い出せるのに、あれからずいぶんと年月が流れてしまった。

気がつけば、昔は男女の話になると口をつぐんでいた矢萩が、カモフラージュなのかサービス精神の賜物《たまもの》なのか、いまや平然とエロ話をするようになっている。

「俺がはっきりと『男が好きだ』と告白したのは、水森が初めてだよ」

後日、矢萩はあれから親しい友人にはさりげなくその事実を告げられるようになったのだと話してくれたことがある。そういわれると、悪い気はしない。ぼくが初めてカミングアウトしたい友達だったということだ。

矢萩はいいやつだ。

ぼくの胸に刻み込まれた矢萩の印象は、出会ったころから驚くほど変わらない。というよりも、それ以外の感情をもたないように自分自身に暗示をかけているような気さえしてくる。そして矢萩も、きっとぼくのことを「いいやつ」と思ってくれているのだ。そういう意味では、おそろしいほどに通じている。

どうしてそんなことをいいきれるかというと、食えないはずの矢萩が、それだけは堂々と顔に油性マジックで書いたように明快に見せてくれるからだ。

「いいやつだから、こうして長い間、おまえとは友達としてつきあっている」――それ以外の含みはまったくないというように。

過去につきあった彼女のひとりには、「仲がよすぎて、気持ち悪い」といわれたこともあった。

たしかに気持ち悪い。もういい年齢なのに、真正面から「おまえっていいやつだよな」といいあえる人間関係というのは、相当に居心地が悪い。

年をとるごとに、たいした悪さをしているつもりはなくとも、呼吸をしているだけで薄汚れていくものはあるのに、「いいやつ」でいなくてはならないのはしんどい。

錆《さ》びつきそうな内面に必死で油をさして、ピカピカに磨きあげる――そこまでして大事にしたいものがあると認めることさえ、ときには苦痛ですらあるのに。

だが、いくら気持ち悪くとも、この場所にしがみついていたいとも思うのだ。

それは特別な――。

矢萩からの電話がかかってきて話を終えたあと、ぼくは受話器を握りしめたまま、次の行動に移る前のほんの一瞬、名づけようもないその想いに眉をひそめる。

小さな棘《とげ》が胸に突き刺さったままのような気がするのはなぜだろう。ほんとにささやかな棘なので、普段はほっといてもどうということもないからと、そのままにしている感覚。

そうして答えを見つけられないまま、ためいきだけを洩らすのだ。つい昨日のことのように思える矢萩との会話を頭のなかで反芻《はんすう》しながら。

（おまえだけは絶対に好きにならない）

あれから十二年――その言葉通り、ぼくと矢萩は友達でいる。

2

電話で矢萩から「金曜日に会議があるから帰りに飲もう」という誘いを受けた。

当日、「会議が長引きそう」「待ち合わせを一時間延期」などと刻々と状況を知らせるメールをチェックしながら、ぼくも会社のデスクでたまっている仕事を片付ける。

矢萩とは違うところだが、ぼくも電機メーカーに勤めている。大学も学部も一緒だったから、同じ業界になるのも致し方ない。同業のメーカーとはいえ、あっちは知的財産などの法務関係で、こっちは技術統括部という部署に配属された。ほんとうは開発にいきたかったのだが、望みかなわず、それを監理する横断的な職場で働いている。大学を卒業してから、早五年。

どこまで本気なのか、「男が好きだから男子校にきた」とのたまった矢萩は、大学も当然のように男だらけの工学部に進んだ。ぼくも一緒だったわけだが、ぼくの場合は最初から就職するならメーカーと決めていたし、成績の偏りを考えあわせた当然の結果だった。

しかし矢萩が工学部に進んだのは意外だった。矢萩は頭がよかったけれどもオールマイティーなやつだったので、理系にこだわる必要はないように思えたからだ。で、やつがその理由をぼくになんて告げたかというと。

「工学部は男ばかりだからな」

思いだすと、あいつはぼくとまともな会話をしたことがないような気がして腹が立つ。

書類を睨んでいた目が疲れて伸びをしたとき、ちょうどデスクの上にあった携帯が矢萩からのメールを受信した。『会議が終わった。いまもうそっちに向かってる。二十分後、店で』

ちょうど虫の居所が悪かったぼくは、やつの都合で動いてたまるかと、『こっちはキリが悪い。一時間後にしてくれ』と返信した。おかげで、急がなくてもいい仕事にまで手をつけて時間をつぶすはめになった。

定時もとっくに過ぎ、七時近くになっていた。最近、会社が経費の問題から「残業ゼロ」を目指していることもあって、金曜日の夜ともなるとオフィスに残っている人間もごくわずかだ。しん、と静まり返っている室内を見渡すと、なにやらむなしくなってくる。

「水森さん、まだ帰らないんですか？　せっかくの金曜日だっていうのに」

コーヒーを淹《い》れに席を立つと、同じ部署の堀田《ほりた》雅光《まさみつ》が声をかけてきた。堀田は大学時代からの後輩で、ぼくとはゼミも一緒だった。なんでもそつなくこなす堀田は、矢萩とも木田ともそれなりのつきあいがある。

堀田は甘い顔立ちをしたなかなかの二枚目で、木田が幹事をする合コンメンバーの常連だった。もっともやつも、ぼくと同じように呼びだしがかかると、「えー、またですか。勘弁してくださいよ、木田さん」と眉をひそめているから、先輩の顔をたてて参加しているだけだろう。

「ひとのこといえないだろ。おまえだって残ってるじゃないか」

「淋しいもの同士、飲みにでもいきますか」

にっこりと笑う堀田の笑顔は、育ちの良い愛玩犬のようだな、といつも思う。といっても、矢萩と張り合う一八〇センチを超える長身だから、一般的に見たら決してかわいいというイメージではないのだが。

どういうわけか、堀田は妙にぼくになついてくる。学生のころからそうだった。はっきりいって、ぼくはそれほど後輩の面倒見がいいほうではない。ぼくになつくならば、矢萩や木田を慕ったほうが人脈的にはよほどプラスになると思うのだが、堀田はそんなふうには考えないらしい。そしてぼくも人の子なので、好かれれば悪い気はしない。

「矢萩が会議でこっちにきてるんだよ。これからメシ行く約束してるんだけど、おまえもくる？」

「矢萩さんですか？」

堀田は少し考え込んでから、首を横に振った。

「遠慮しときますよ。矢萩さんは水森さんとふたりきりがいいだろうし」

「なにいってるんだよ」

「ほんとですよ。あのひと、俺が水森さんにくっついてると、ひとに気づかれないようにさりげなーく意地悪するんですよ。あの爽やかな顔でにっこり笑いながら」

「そりゃ、おまえの被害妄想」

歩きだしながらカップに注いだコーヒーをひとくちすすったところで、後ろをついてきた堀田が「ほんとですよ」と肩越しにぼくの顔を覗《のぞ》き込んだ。

「水森さんはね、矢萩さんの本性を知らないんですよ。このあいだのゴールデンウィークにあのひと、みんなの家を泊まり歩いてたじゃないですか。そのときね、俺の家に泊まったとき、あのひと酔ってなにをしたと思います？」

「下品なエロ話だろ？」

「いまさらそんなので驚きませんよ。俺ね、キスされたんですよ。かなりマジなやつ。それがなにかの話題のついでに、俺が『同じ会社だから水森さんにはいつもかわいがってもらってますよ』っていったあとなんですよ。もうべろんべろんに酔ってたんだけど、俺が『水森さん』っていっただけで、矢萩さんの目がこうキラリーンと意地悪く光って」

「脚色するなよ」

「いや、ほんとですよ。舌まで入れられたんだから。ほかのやつもいたから、よかったけど。一瞬、焦《あせ》ったなあ。腕のなかに抱え込まれちゃってね。あのひと、本気であういうモードになったら、怖いですね。俺、どうしようかと思っちゃったもん」

酒の席のことだとわかっているのに、矢萩が堀田におおいかぶさっている姿を思い浮かべると、ぼくは思いがけなく動揺した。冷静に考えれば、一八〇を超える長身同士のプロレスじゃないか。笑い話だ。それなのに、心臓が小さく震えたことが驚きだった。

「だって、おふざけだろ？」

「でもね、すごくうまかったんですよ」

堀田の意味ありげな目つきと、口許に浮かぶ笑いを見て、ぼくはやつがこっちの反応を見るためにこの話題を振っていることに気づいた。

矢萩がゲイだとはっきり知っているのは仲間内ではぼくと木田だけだけれども、うすうす感づいているらしい堀田は、学生のころからことあるごとにぼくと矢萩の仲を疑うようなさぐりを入れてくるのだ。

こいつ、まだ懲《こ》りないのかと、ぼくはあきれて堀田を睨んだ。

「それで？　おまえは俺からどんな言葉を引きだそうとしてるよ？」

「え？　いやあ。水森さんも、矢萩さんとそういうことしたことあるのかな、と思って」

堀田は前髪をかきあげながら「ばれたか」というように舌をだした。

「だって気になるじゃないですか。水森さん、そういうのもＯＫなのかなあって」

ぼくは「馬鹿じゃないのか」といってやってから、自分の席に着いた。コーヒーをすすりながらパソコンの画面を眺めたけれども、もはや仕事の数字など頭に入らない。

愛玩犬だと思って油断していると、時々、堀田は危険だ。

「水森さん」

ぽんと肩を叩かれて振り返ると、帰り支度を終えたらしい堀田が立っていた。

「なんだよ。いきなり背後に立つなよ」

「お先に、って挨拶《あいさつ》しようと思っただけですよ」

さすがに堀田は不服そうな顔を見せた。

「まあ、今度、ふたりきりでゆっくり飲みにいきましょうよ。いつでもお供しますから。ね、水森先輩」

邪気のない笑顔を見せて去っていく堀田の背中を見送りながら、ぼくはためいきをついた。

かわいいとは思うが、なんなんだろう、あいつ――とも思う。最近はとくに。

まったくぼくの周りにいるやつは、妙なやつが多すぎる。


「俺が堀田に意地悪してるって？　そんなこといってるのか、あいつ。それは被害妄想ってやつだろ」

席に着くなり、矢萩はあきれた声を上げた。

結局八時半近くに落ちあって、ぼくと矢萩は目星をつけていた和食の店に入り、とりあえずビールを注文した。

黒を基調としたインテリアの店内はテーブルごとに区切られていて、個室風のつくりになっている。照明もそこそこに抑えてあって、落ち着いて話をするにはいい店だった。

「俺もそういっておいたけどさ。今日も誘ったら、遠慮しとくっていわれた」

「……まったく、あいつはいつも俺を悪者にして、水森に泣きついて」

ほどなく運ばれてきた中ジョッキに口をつけながら、矢萩は眉をひそめた。

まだ五月半ばとはいえ、初夏の昼間の陽気は汗ばむほどで、冷たい喉越《のど》しのビールは一日の疲れを一気に癒《いや》してゆく。

ふうっと息を吐いて、矢萩はワイシャツの袖口《そでぐち》をゆるめて腕時計をはずすと、テーブルの上に置いた。飲むときのいつもの癖だった。

「まあ、だけど、あながち外れでもないかもな。俺も無意識のうちにあいつには意地の悪いことをいってるかもしれない」

一瞬、神妙そうに伏せた目を開けて、矢萩はにっこりと笑う。堀田のいう「爽やかな笑顔」とはこれか。

「その笑顔が怖いっていわれてるぞ」

「だって、あいつ時々生意気だからさ。かわいがりたくなるときがあるんだよね。いじられやすいってのも人徳のひとつだし、まあ、いいんじゃないの？　人間、上から踏みつけられて大きくなっていくんだから」

相変わらず飄々とした口調だが、長時間の会議で疲れたのか、その目の下には濃い翳《かげ》ができていた。

けれども、こいつの場合、少しくらいやつれて見えたほうが男ぶりが上がって見えるのだから、つくづく得なやつだ、と思う。

くっきりした端整な顔立ちには、今夜着ているワイシャツのような渋めの青がよく映える。肩幅があって長い手足をもつ身体《からだ》をつつむのは、オーソドックスなダークグレーのスーツ。はっきりいって、それほど値段のはるものを着ているとは思えないのだが、いつも出で立ちがシンプルな分、その顔立ちとスタイルのよさが明確に浮かびあがるのだ。少し長めの髪も無造作になでつけてあるだけ。

そのさりげなさがあまりにも決まりすぎていて、時々、「こいつ、全部意識してやってるんじゃないのか」と思うことがある。けれども、たまに誰かが「おまえってカッコいいよな」ということがあっても、本人は当然のことながら「どこがだよ」と受け流して、「堀田なんかのほうが今時って感じでカッコいいよな」などといってやんわり笑っている。

頭が良くて男前で、なおかつわざとらしいところがなくて自然体。

たぶんこれが合コンの席だったら、女の子の視線は矢萩に釘付《くぎづ》けになるのだろう。こいつ

が「女嫌いで男好き」というのは、恋愛市場の均衡を保つための神様のご配慮なのかもしれない、などとぼくは思ったりする。

「キスしたんだって？　聞いたよ。堀田んちに泊まって、酔ったときのこと。俺はおまえの本性を知らないっていわれたよ」

「あいつ、そんなこともいったの？　悪いやつだなあ」

おふざけなんだろうけど。それ以前に、こいつは男とキスするなんてなんでもないことなんだろうけど――。

それにしても、矢萩があまりにもさらりと受け流すので、ぼくは猛烈に腹が立った。

「後輩に手をだすなよ」

「だしてませんてば。なんだよ。水森、やきもちやいてんの？」

「心配してるんだろ。あいつ、おまえが妙なことしたら、嬉々《きき》としてほかにいってまわるぜ。かわいいけど、抜け目ないんだから」

「そうかもな」

矢萩はぼくからふいに視線をそらして、ぼんやりと考え込むような目をする。そうかと思うと、ぼくをじっと凝視して、思わずドキリとくるようなまっすぐな眼差《まなざ》しを向けてくる。

「俺は、堀田をかわいいなんていってる水森のほうが心配。正直なとこ」

「どういう意味だよ？」

「そうやってとぼけてんのか、ほんとにわけわかってないのか。馬鹿みたいに問い返してくるところなんか、特に」

「馬鹿ってなんだよ、馬鹿って」

カチンときて声を荒げたぼくに、矢萩は意味ありげな目を向けたまま、唇の端を上げて笑う。

「水森、美人だからさ。堀田が興味もってるのも、そこだと思うよ。『矢萩さんってなんかゲイっぽいけど、仲のいい水森さんはどうなのかなあ。あのひと、男にしては、ちょっとキレイでそそるところあるよなあ。やっぱり矢萩さんにヤラレちゃったりしてるのかなあ。矢萩さんでOKなら、俺でもいけるんじゃないの？　みんなで仲良くなっておけば、3Pって手も……』」

放っておくと、とんでもない話に発展しそうだったので、ぼくはドンとテーブルを叩いた。ちょうど料理の注文をとりにきた従業員の女の子がぎょっとしたように動きを止める。

平然と煙草《たばこ》に火をつける矢萩を睨みつけたまま、ぼくはメニューもろくに見ずに「おすすめのコース」とやらを注文し、女の子が立ち去るのを待った。

「……おまえさ、ふざけたことばっかいってるなよ。やめろよな、そういうの」

「あれ？　俺、かなり正確に堀田の心理を読んだつもりだったんだけどな。あいつの思考回路なんて単純だから、この程度のもんだって」

「やめろったら。そういうふうになんでもわかったようにいうの」

思わぬ大声がでてしまった。ちょうど大勢の客ががやがや話しながら入ってきたところだったので、さほど目立たなかったけれども、自分でも驚くほどの強い調子だった。その証拠に、矢萩もあっけにとられたようにぼくを見る。

気まずくなって視線をそらしたぼくに、矢萩は「ごめんごめん」と笑った。

「冗談だよ。なんでもそっち関係に結びつけちゃいけないよな。でも、最初にいったことはほんと。水森が美人だからさ、堀田はなんだかんだといってくるんだよ」

嘘《うそ》つけ——とぼくは心のなかで毒づく。

こいつがぼくに対して本気でいっていることなど、ひとつもありはしないのだ。

矢萩がぼくのことを「美人」などとふざけていうのはほとんど口癖のようなものだったけれども、このときはなぜかひどく神経にさわった。

ぼくが黙ったままでいるので、矢萩は間をもてあましたようにジョッキに残っていたビールに口をつけた。ビールの泡で濡れたやつの唇の動きを見ているうちに、ぼくはその唇が堀田のそれにかさなるところを想像した。

おふざけだ。わかってるのに。だけど、知っているやつら——とくに男を恋愛対象にできる矢萩だと思うと、その光景は妙に生々《なまなま》しく、ぼくの神経を刺激して。

矢萩は男が好きだ。その事実は認めているけれども、普段はふつうの男となんら変わりがなかったし、性向の違いなんて具体的に意識しないようにしていた。「俺の好みはぽっちゃりだけど、あいつはスレンダーが好き」ぐらいの違いだと思うようにしていて。

なによりも、ぼくの目の前にいるとき以外の矢萩なんて考えられなかった。はっきりいえば、想像したくなかった。ぼくに見せている顔がすべてではないとわかっていても、なるべく深くは考えたくなくて。きわどい冗談を軽く受け流すのと同じように、その片鱗《へんりん》を垣間見る機会があったとしても、それはなかったものとして……。

けれども、いま、矢萩と堀田がキスするところを想像して、ほかの男ともきっとそうしているのかもしれないと思うと、ぼくの心の奥は小さく疼《うず》く。

動揺。腹立ち。不可解な——。

「……堀田、いってたよ。おまえのキスがうまかったって」

矢萩はジョッキから口を離して、ゴホンゴホンとむせた。

「え？　なに？」

「キスがうまかったってさ。俺にどうのこうのっていうよりも、堀田が意識してるのは、実はおまえなんじゃないの？」

こんなことをいうのは変だなと思いつつも、ぼくはそういわずにはいられなかった。矢萩はまいったなというように苦笑する。

「どうしたんだよ。今日の水森はやけに意地悪なんだな」

「べつに普通だろ」

「おまえ、欲求不満なんじゃないの？　このあいだの電話でも……」

ぼくがきつい視線を向けるよりも早く、矢萩は「ごめんごめん」とさほど悪いとも思っていない調子で謝った。

「なんだかなあ。久しぶりに会ったのに、いじめられるってのもつらいよなあ。堀田の戯言《ざれごと》なんて真に受けてないで、少しは俺にもやさしくしてくださいよ、水森サン」

ぼくは無視して、ちょうど運ばれてきた料理に箸《はし》をつけた。矢萩はとりつくしまがないと判断したのか軽くためいきをつき、それ以上はなにもいわずにどこか物憂げな様子になって再び煙草に手を伸ばす。

ぼくを前にして黙り込むとき、矢萩はいつもこんな顔をしている。少し大きめの薄い唇の端をわずかにあげて、視線の行く先をぼやかすようにして。

それは余裕のある落ち着いた笑みに見えなくもないけれども、なにかいいたいことを嚙《か》みしめている表情にも思えて、ぼくはつい気になってしまう。

引き込まれる。不思議な重力が働くみたいにして。こいつ、ほんとはなにを考えてるのかな、と。

そして不承不承、ぼくのほうから沈黙をやぶることになるのだ。

「……おまえ、ちょっと疲れた顔してるよな。仕事、きついのか。時々、電話でへろへろの声だしてるだろ」

切り替えのスイッチが入ったように、矢萩は物憂げな表情を消した。「へろへろか」と笑いながら煙草を灰皿に押しつけ、「うーん」と考え込むように腕組みをする。

「うちは特許が弱いからね。なんでも後手後手になっちゃって。現場の知的財産権に対する意識が低いっていうか。その点、おたくのところなんか羨《うらや》ましいですよ。ライセンスビジネス強化してるじゃないですか」

いきなりしかつめらしくいう矢萩に、ぼくは思わず噴きだした。

「……やめようよ、おい」

矢萩もおかしそうに笑いだして、「なんだよ、おまえが振ってきたんだろ」と残りのビールをあおり、通りかかった従業員に冷酒をオーダーした。

「やめたいよ、俺だって。今日だって、わざわざ栃木から会議に参加して、午後の五時間休憩なしのノンストップ会議だぜ。どうせその場で意見がまとまることなんてないんだからさ、まったく不合理も甚《はなは》だしい」

などと、ひとしきりぶちまけてから、矢萩は「まあ、やめとこうな、こんな話」と勝手にケリをつける。

「まあ、俺も会議がなきゃ、なかなかこっちに戻ってくる機会もないから、助かるけどな。寮と研究所が同じ敷地内にあるから、ふだんはまったく外に出ない生活になってるし」

長期出張といっても自社の工場に出向いているのだからビジネスホテルなどに泊まれるわけもなく、矢萩はその事業所の寮暮らしとなるのだ。

「栃木の寮ってさ、薄壁なの？　このあいだの電話で、おまえ、隣のやつが歌ってるのが聞こえてくるっていってただろ？」

「薄い薄い。もう丸聞こえ。そういや、なんだっけ、あの曲。そんな話したっけな。水森に電話で話したときはまだ頭のなかに残ってたんだけどな。いまも……何フレーズか残ってる。こういうやつ、わかる？」

そういって、矢萩は曲らしきものをハミングしてみせた。なかなかいい声だが、音感の無さは致命的だった。

やつが音痴だということをすっかり忘れていたぼくは、思わずこめかみを押さえる。

「おまえに歌われると、よけいわからない」

「そうだろう。うまく伝えられないな」

自覚していることなのか、矢萩は気を悪くしたふうもなく、少し考え込むように口許に手をやる。

「あのさ、こういう音だけじゃなくて、口にしてんのと、頭のなかにあるものが違うってこと、よくあるだろ？　表現能力が不足してるのか、それとも伝えようとする時点で、コピーと同じく情報の劣化が生じるのか。どっちにしても、俺は人間の伝達能力の限界を感じるよ」

なにを屁理屈をいってるんだとあきれて、ぼくが「おまえが音痴なだけじゃないか」と突っ込むと、矢萩は素直に「まあ、そういういいかたもある」と認めた。

「だけどさ、俺は基本的にそうなんだよ」

運ばれてきた冷酒のグラスを傾けながら、矢萩はどこか疲れきったように笑う。

「なにが？」

どうやら今夜の矢萩は、食う気ではなくて徹底的に酔う気らしい。

矢萩があまり箸を動かさないので、ぼくは次から次へと運ばれてくる料理をせっせと自分の口に運び入れるはめになった。ふたりでつぶれては洒落《しゃれ》にならないので、ぼくが酒量をセーブするほかない。

「こう……考えてることがさ、うまく外に出ていかないというか、思ったようにならないというか。自分の気持ちをストレートに表現できるやつって、あれだね、俺にしてみりゃ天才だね。陶酔しきった自作の歌うたってるやつなんかも、一番幸せな人種なんじゃないのか。ああ……俺も若いときに『バンドやってまーす』みたいな自己顕示欲の強い、恥知らずで健全な青春を謳歌《おうか》するべきだった。そうすれば、もう少しまともな表現方法が身につけられただろうに」

いきなり話が飛躍したことに、ぼくは眉をひそめる。

「おい、論点がずれてないか？　それにおまえは男だらけの工学部で、自分の望みどおりの青春を謳歌したじゃないか」

「たしかにそれは快適だったけどさ。四年……そうだよな。四年もいて、なにをやってたんだろうな、俺は。けっこう真面目《まじめ》に勉強しちゃったしな。それから会社に入って五年か。長いよな。畑違いの知財なんかにまわされて、またまたまともに勉強しちゃったしな。五年もいったいなにをやってたんだか。俺は自分の優秀さと勤勉さを呪うよ」

最後の一言はともかく、「いったいなにをやってたんだか」という嘆きは、ぼくにも充分通じるところがあった。

いったいなにをやってきたんだか。

そしていまも、なにをやってるんだか。

会社に入って、無我夢中で働いて、ようやく周りを見渡せるだけの余裕ができて己を振り返ると、ふっと考えるのだ。なにやってるんだろうな、と。

でも、たぶんこれもちょっとした休憩地点に過ぎなくて、今度はさらに自分の足元を固めるために突っ走って、またあと数年もしたら、立ち止まって考えることもあるのだろう。

なにやってるんだろう。

どうしてあのとき、ああしなかったのか、こうしなかったのか。後悔はつきなくて。どうしてなにも行動しなかったのか。なにも伝えなかったのか。どうして。どうして。

どうして——今日のぼくはこれほど矢萩の思考に感情移入してしまうんだろう。

「……どうしたんだよ、矢萩」

いつのまにか、自分自身に問いただしているような不思議な感覚に陥っていた。

「今日はやけに弱音吐いてるじゃんか。恥知らずな青春をもし謳歌してたら、おまえはなにを表現したかったわけ？」

矢萩は冷酒のグラスを傾けたまま、ぼくをじっと見つめた。「それは……」と小さくいいかけて、いったん口を閉じる。ややあってからグラスの酒をひとくち含んで、一気に吐きだすようにいう。

「それはとても個人的なこと。お守りみたいなものだから」

「お守り？」

「お守りは、開けちゃ駄目だろ。大事に閉じたまま持ってるもんだろ。だからどう表現して伝えたらいいのかわからない」

お守り、といわれて、とっさに矢萩と初めて口をきいたときのことが頭に思い浮かんだ。入試のとき、矢萩がぼくの目の前にぶらさげてみせたお守り。

「いってること、わからないよ。それと恥知らずになることと、どうつながるんだよ」

「わからなくていいんだよ。わかったら、困るんだから」

矢萩は「はは」とわざとらしい笑いでしめくくったあと、ふうと大きなためいきをついて、グラスに残っていた酒を一気にすすった。酔いが回ったというように、額を押さえてうつむく。

「……実はさ、今日、昼間、東京駅で木田に会ってさ。ほんとに偶然、地下鉄への連絡通路のところでばったりとさ。まだはっきりと決まってないから、みんなには伝えてないっていってたけどさ。――おまえ、聞いた？」

「なにが？」

「あいつ、結婚するんだってさ」

びっくりしたけれども、「やっぱり」という感じが強かった。

「そうか……」

「あまり驚かないんだな」

ぼくの反応に、矢萩は不満そうだった。

実は近いうちにそういう話がでるのではないかと思っていた。合コン好きな木田だけれども、無茶やっているようでしっかりしているから、そろそろ本命の彼女を安心させたいと思っていても不思議じゃない。

「あの木田が結婚するなんてさ、どういうことなんだよな」

なるほど、矢萩が今日酔いたがっているのはそのせいか、とぼくは納得した。

かなしいわけじゃない。もちろんひがんでいるわけでもない。おめでとうと心の底から思う。けれども、みんながワイワイやっていた遊び場所からまたひとり去っていってしまうような寂寥感《せきりょうかん》。取り残される気がして……。

ぼくも少しばかり酔いたい気分になった。

案の定、矢萩はつぶれ、ぼくはやつの肩を支えながら帰るはめになった。

電車を途中下車して、木田に携帯から電話する。矢萩が酔ってるから今夜引き取ってくれないかというと、木田は最初抵抗したが、「聞いたよ、結婚するんだって？」の一言で、おとなしく駅まで車で迎えにきた。

「意地悪だなあ、水森ちゃん。まだほかの連中には内緒にしておいてよ。矢萩にはなかなか会えないもんだから、今日ばったり会って、つい洩らしちゃったけどさ」

駅のロータリーに車を止めて、木田は降りてくるなり、両手を合わせて頭を下げた。

短く刈り込んだ髪と、細身のラインの眼鏡《めがね》がよく似合う知的な顔立ちで、外見はなかなか端整な男だ。遊びにも人一倍詳しい木田だけれども、実はカメラおたくで、勤務先もカメラを扱っている精密機器メーカーだったりする。

「そりゃいいけどさ。おまえ、結婚するってやつが合コンやってんじゃねーよ」

「あれは実際、同僚のためにやってんのよ。ウチ、女に縁のないやつが多いからさ。水森ちゃんや堀田は見た目がいいから、ちょっと女の子のエサになってもらおうってわけでね。……まあ、あれだ。その、ちゃんとした報告はね、また今度しますわ」

木田は珍しく照れくさそうにそういって、ぼくにもたれかかってぐったりしている矢萩に目を移した。

「あーあ、矢萩、ほんとに限度を知らない飲み方するよなあ」

「早く引き取ってくれない？　こいつ、重い」

とりあえず車の後部座席に矢萩を押し込んで、ドアを閉めた。いい気なもので、矢萩は目を閉じてされるがままになっている。「じゃあ」と運転席のドアに手をかけようとした木田は、ふと動きを止めてぼくを見た。

「どうでもいいけどさ、なんで俺を呼びだしたわけ？　水森のところに泊めりゃいいじゃん」

「俺のところ、まだ五駅も先。それに、駅からアパートまで十分くらい離れてるし。そんな重いやつ、ひきずって歩けるか」

ぼくがしかめっ面でいうと、木田は「ま、そりゃそうだ」と笑った。

窓ガラス越しに見ると、矢萩はからだを丸めてシートに横たわっている。暗がりで見える横顔は、すっかり安心しきって眠っているようだった。

聞こえるかな。聞こえないだろうけど。

「それに——今夜泊めたら、俺、あいつのこと襲っちゃいそうだから」

木田はおかしそうに笑いだした。

「水森もそういう冗談さらりというようになったんだ。まあ、矢萩と一緒にいれば、鍛えられるか」

「おかげさまで」

ちらりともう一度見たが、車のなかの矢萩は目を閉じたままだった。

「水森もこのまま車に乗って、俺のところに泊まってけば？　どうせ明日休みなんだから」

「やだよ。結婚するってやつのそばになんかいられるか」

「あー、ひでえ。そういうことという？　だから、やなんだよ。みんなにいうの」

「冗談だよ。ちょっとひとりで考えたいことがあるからさ。酔っ払いの世話押しつけてごめんな。——おめでと」

木田はやっぱり照れくさそうな笑顔を見せながら「おう、サンキュ」と応えて、車に乗り込んだ。

木田の車が走り去るのを見送ってから、ぼくは改札口に向かった。ホームに出ると、ちょうど電車がすべりこんできたところで、空席の多い車内のシートにどっかりと座り込む。

先ほどまで矢萩がもたれかかっていた肩が、胸が、しびれて重い。鼻をくすぐる整髪料の匂《にお》い。

思いだしているうちにふわふわとした気分になって、電車の走る振動に身をまかせながら、ぼくはいつしか目を閉じていた。ふと、どこからともなく甦ってくる記憶。

大学のとき、あれはやっぱり矢萩が酔いつぶれて、ぼくの部屋に泊まった夜だった。矢萩をベッドに転がして、ぼくは布団を敷く気にもなれずに床に横たわった。夏の暑い夜で、クーラーもなかった部屋には、扇風機の回る音が一晩中響いていた。

明け方近く、なにかの気配を感じてふと目を覚ますと、矢萩が脇《わき》に膝《ひざ》をついてぼくの顔を覗き込んでいた。ぼくと目が合っても、あわてる様子もなく、どこか思いつめたような不思議な目をしてじっとしていた。少し汗臭いような匂いとともに、その身体から発せられる行き場のない熱量のようなものを感じとって、ぼくは眩暈《めまい》を覚えた。

目をそらしちゃいけない。

とっさにそんなふうに判断して、ぼくはゆっくりとまばたきをして、矢萩を見た。なにも気づいていない、寝ぼけているというふうに。

「どうしたの？」とたずねると、矢萩もゆっくりと息を吐いて、「俺、昨夜はすっかり酔っちゃったみたいだな。ごめんな」と頭を下げた。

「寝苦しくてさ、起きたんだよ」

矢萩は立ち上がると、ベッドに腰を下ろして、床に転がっていた煙草とライターを手にとった。

ぼくは「ほんとに暑いね」と答えて起き上がり、台所に行った。冷蔵庫から冷えた烏龍茶《ウーロンちゃ》のペットボトルをとりだして、そのまま口をつけて一気に飲む。平静を装っていたけれども、心臓のドキドキが止まらなくて、いまにも震えだしてしまいそうだった。

冷えた飲み物でなんとか動悸《どうき》をしずめてから部屋に戻ると、矢萩はどこか神妙な表情をして煙草をくゆらせていた。

ぼくがもう少し眠りたいからベッドをあけてくれと頼むと、矢萩は「散歩してくる」といって立ち上がった。はりつめた空気をなんとかしたくて、ぼくは玄関に向かうその背中に向かって、思いきって冗談めかした声をかけた。

「——さっき襲われるかと思ったよ」

矢萩はぼくに背中を向けたまま、「ばーか」といった。

「おまえにはそんなことしないよ」

「俺には？」

「そう、おまえにだけは」

矢萩はどんな顔をして、あの台詞《せりふ》をいっていたのだろう。あのときのぼくは、その顔を見たくなかった。知りたくなかった。なにも考えたくなくて、ただ眠りたかった。ひたすら眠って……。

そこまで記憶を甦らせたところで、下車駅への到着を告げるアナウンスが響いて、ぼくはハッと目を開けた。

（おまえだけは好きにならない）

それはたびたび矢萩が口にする言葉だった。

初めてそのやりとりがあったのは、もう十年以上も前のことなのに、時折こうやって思いだしてはためいきをつきたいような不思議な感情に襲われる。

好きにはならないといいながら、矢萩はぼくのそばにいる。毎週かかってくる電話はもう習慣になっていて、その声はぼくの耳のなかに住みついている。

この意味は？

それでも、あまり深く突き詰めて考えることもないような気がして――だって、これだけ長く続いてる友達なんだから、どうせあいつとぼくの縁は切れることはない。そんなふうに結論付けて、問題を先送りにしてしまっている。そもそもなにか問題があるのかどうか、それすらも定かではない。

なにか問題があるのか？　このままで。ずっとこのままで。

――ずっとこのままでいたいのに。

3

結婚するといいながら、その翌週には木田から合コンのお誘いメールが入り、ぼくはさすがに「いいかげんにしないと関係各所に悪の所業をばらすぞ」と脅し文句の返事を送った。

すると、次にターゲットにされたのは、やはり堀田だったらしい。月曜日、昼メシを誘いにきた堀田は、疲れきった様子で「もう木田さんのタフさにはあきれますよ」と嘆いた。

月曜日から外に食べにいく気にもならず、社食に入って詳しく話を聞いてみると、やっぱり金曜日に合コンに行ったらしい。木田は相変わらずはりきって仕切っていたという。

ぼくは嫌がらせに「あいつ、結婚するんだぜ」といってやりたいのを必死でこらえた。堀田に洩らせば、あっという間に知り合い全員に「木田、結婚」の報は広まるだろう。けれども、まだほかの連中には内緒にしてくれと頼まれたからには、男と男の約束として守らなきゃいけない。そう考えていたにもかかわらず。

「そういや、木田さん、結婚するんですってね」

堀田にそういわれて、ぼくは定食のアジフライを箸から落としそうになった。

「誰から聞いた？」

「え？　木田さんからですよ。『水森を誘ったんだけど、怒られた』っていうから、『なんですか？』ってたずねたら、『いやあ、結婚するやつが合コンするんじゃねえよってスゴまれちゃってさあ』って答えて。……たしかにいっちゃってから、『あ、ヤバ』って顔してたけど。でも、おめでたいことなんだから、隠しておくこともないでしょう。そういや、俺が『水森さんたちも誘って、近いうちにお祝いで飲みにいきましょうよ』っていったときも、なーんか弱々しく笑ってましたけどね」

もはやなにもコメントする気にならない。これは愛すべき資質なんだろうけれども、少なくとも木田は将来、大それた悪事などひとつもできまい。あまりにも情報管理がお粗末すぎる。

「それでですね、水森さん」

ぼくはハッと目の前の堀田を見た。テーブルの下で、堀田の膝頭がぼくの膝頭にぶつけられたからだ。

堀田は「あ、スイマセン」といって、すぐに足を引っ込めた。笑いながら、「水森さんの足にさわっちゃったな」という余計な一言をつけることを忘れずに。

「それで、早速、今週末どうかって話がでてるんですけど、どうですか？　予定入ってます？」

「……いいよ」

ぼくは頬づえをつきながら堀田の顔をじっと見つめた。

育ちのよさが前面にでている、堀田の甘く整った顔立ち。明るくて、まっすぐで、調子が良くて。

自分を慕ってくれる堀田はかわいい。

けれども、時折、かすかな不快感を覚えることがある。なぜだろう？

ぼくの視線に気づいて、堀田は面食らったようにまばたきをした。

「なんですか？　俺、水森さんにそんなふうに見られると、ドキドキするんだけど」

「おまえさ――」

いいかけて、ぼくは思いとどまった。「おまえ、なにか俺に妙な気を抱《いだ》いていない？」などといって、もし違っていた場合、自意識過剰も甚だしい。万が一アタリだったとしても、「はい、そうです」と答えられて、どう対処したらいいものか。

「おまえさ、どうして合コンなんか出るわけ？　モテるだろうに」

堀田はきょとんと目を丸くした。

「どうしてって……その台詞、そのまま水森さんに返しますよ。水森さん、いままで長くつきあった彼女っていないじゃないですか。自分からいくことないし、女の子からアプローチされたときには、やさしいから断れなくてつきあいはじめるけど、すぐに『忙しい』って理由で自然消滅させちゃうじゃないですか」

まさにヤブヘビだ。言葉に詰まるぼくに向かって、堀田は追い討ちをかける。

「どうしてですか？　誰か好きなひとでもいるんですか？　ずっと想い続けてるひとでも？」

わかった。堀田に時折不快感を覚える、決定的な理由。

心の隅っこに追いやっているもの、普段は先送りにしている問題をあらためて気づかせるからだ。

こいつがぼくに気があるのかも、というのは単なる勘違いのような気がしてきた。ぼくと矢萩の仲を疑っている堀田は、その真相を突き止めて、「ほら見ろ、思ったとおりだ」と自分の勘の正しさを高らかに宣言したいだけなのだろう。

ぼくは堀田からそっけなく視線をそらして、味噌汁をすすった。

「なんでおまえにそれをいわなきゃいけないわけ？　こんな真っ昼間から、しけた社食で定食つつきながらさ」

「そうですね。水森さん、手強《てごわ》いからなあ。俺にしてみれば、木田さんはもちろんだけど、矢萩さんなんかよりも手強いですよ」

「俺はあいつらより繊細な人間のつもりだけど」

心底心外だったのでいいかえすと、堀田はおかしそうに笑った。

「だから、俺はよけいに気になるんです。恋愛なんか興味ないって冷めた横顔見せてる水森さんがね。どうしてこのひと、修道士みたいに禁欲的なのかなあって。理由を知りたくなるじゃないですか」

こういうやりとりは苦手だ。ぼくは「なに馬鹿なことばかりいってるんだよ」と少々きつい口調でいいすてた。

ぼくがこういう態度にでると、よほど怒っていると思うのか、矢萩でも木田でもたいていのやつは「いまはこれ以上かまわないほうがいいな」と黙り込む。ところが堀田は黙らなかった。

「自分でも不思議なんですよ。俺ね、水森さん相手だと、ほんとに馬鹿なこといっちゃうんです。なんででしょうね」

予想外の反応に、ぼくは思わず指先をぎゅっと手のひらに握り込んだ。

なんだか最近、こいつは前にも増して、あやしげなことをいっていないだろうか。前からそうだったのか。ぼくが気がつかなかっただけか。気づかないふりをしていたのか。

たぶん矢萩がこの場にいたら、ぼく以上に不快感をあらわにして堀田を睨むのだろう。堀田の台詞じゃないけれども、それこそ目をキラリーンと意地悪く光らせて。

その様子を思い浮かべると、なんだかおかしくなってしまって、ふと笑いがこぼれた。

「あ、なに笑ってんですか。いやなひとだな、まったく」

むくれる堀田を前にして、ぼくは笑いながら「悪い、悪い」と謝った。だけど、ぼくをヒヤリとさせるおまえも悪い。

矢萩がそばにいればいいのに、と思った。そうすればこんなことを考えなくてもすむのに。

「俺がなにをいっても動じないんだからなあ。いいかげんへこみますよ」

堀田はおおげさにためいきをつく。ぼくはなんでもないように笑い続けながら、心のどこかでこう考えている。

おい、矢萩、堀田にこんなことをいわせておくなよ。

――助けてくれよ、矢萩。


五月も終わりに近いその週末、待ち合わせ場所でぼくと顔を合わせた木田は、真っ先に「なにもいってくれるな」と目で制した。

予想通り、堀田の口から周囲に「木田、結婚」の報は無事に流れたらしい。電話で矢萩に事情を話したところ、「木田らしいな」と笑っていた。その際、週末にみんなで飲むから遅くなってもいいから顔をだせないかと誘うと、少し疲れがたまっているから遠慮しとくとの返事だった。栃木との距離を考えれば、からだがしんどいといわれて無理強《むりじ》いできなかったが、ぼくはがっかりした。

その気持ちが声にでたのだろう。矢萩は「水森がそんなに俺に会いたがってくれてるなんて、光栄だな」とからかうようにいった。ぼくは「勘違いするなよ」ととっさに憎まれ口を叩いたけれども、実際は矢萩にきてほしくてたまらなかった。

会いたい、というのは抵抗があった。それではまるで恋しがっているみたいじゃないか。矢萩に対して「遊びにいこう」とか「飲みにいこうか」ということはあっても、ただ単純に「会いたい」という言葉を使ったことはない。

それでも、堀田が同席するところでは矢萩にそばにいてほしくて、何度も口からこんな台詞がでかかった――「最近、堀田が俺に妙なことばっかりいってくるんだよね。冗談にしても、なんとなくあいつと話すの、心臓に悪い気がしちゃって」

そう話したら、矢萩は「ふうん」と一見無関心な態度を見せながらも、最後には「やっぱり俺も飲み会に顔をだすよ」といいだすだろう。ぼくにはわかっていた。

それなのに、その言葉をどうして口にできなかったかというと、矢萩の反応があまりにもわかりすぎていたからだ。おそらく矢萩は「くる」というに違いない。それを見越して、こんな誘いかけをするぼくはいったいなんなんだ？

矢萩のことをなんだと思ってる？　番犬か？

ふたりで暗号のようなやりとりばかりして、それがいったいなんになるんだろう。

そんなことを考えだしたら、思ったことを話せなくなってしまった。

「それにしても、矢萩さんがこられないなんて残念ですね」

三人で店に向かう途中、堀田はやけにはしゃいだ声をだしていた。

木田の行き付けだという、料理屋の座敷に通されてからも、それは変わらなかった。北海の魚が美味《うま》いということで、木田があれこれ頼んだ肴《さかな》をつまみながら、酒を飲むピッチもいつもよりも早い。

「いや、でも、俺は木田さんがこんなに早く結婚するとは思わなかったですよ」

「そうだなあ。俺も思わなかったよ」

木田も同じようにずいぶん早いペースで飲んでいた。けれども、こいつの場合はうわばみなので、いくら飲んでも矢萩のようにつぶれることはない。

「だけど、おまえらもすぐだって。気がついたら逃げられないようになってるんだな、これが」

「それが本音ですか」

堀田は大声で笑いながら、酔いの回った赤い目をぼくに向けた。

「でも、おまえらもっていわれても、俺はどうかな？　俺よりも、水森さんなんて、もっとどうなのかなって思うけど」

「水森はモテるだろ」

「モテるだろうけど……どうかな。このひと、なかなか本音をぶちまけてくれないんですよ。

俺、もう焦《じ》れちゃって」

「そりゃ無理だろ。おまえに本音ぶちまけたら、みんなにいいふらされるじゃん」

木田、ナイス——ぼくは心のなかで小さくガッツポーズをつくった。

「ひどいな。なんですか、水森さんも納得したような顔しちゃって」

「だってほんとのことだろ」

ぼくがあっさりいうと、堀田は唇を尖らせた。

「まったくつれないんだから。水森さんにそんなこといわれると、俺、本気でキツイって、全然わかってくれないんですからね」

「おいおい、おまえ、水森に懸想してんの？　そりゃ駄目だって。無駄な努力。なあ、水森ちゃん」

木田の言葉に、ぼくは「そのとおり」と力強く頷く。堀田はおもしろくなさそうに目をすがめた。

「無駄な努力か。そうかもしれませんね。じゃあ、矢萩さんなんかもう何年も無駄な努力を続けてるわけだ。なんかかわいそうだな。わかってて放置してるなら、水森さんて、そういうとこ、ちょっと残酷ですよね」

さすがにぼくも、口許がこわばるのを感じた。木田のフォローにも、一瞬間があく。

「おい、水森と矢萩が仲いいからってひがむなよ」

「だって、見てれば誰だってわかることじゃないですか。バレバレですよ」

いってしまってからいいすぎだと思ったのか、堀田は気まずそうにそっぽを向いた。

しばらく妙な雰囲気だったが、そのあと少しして、堀田の携帯が鳴った。やつがうまい具合に席をはずすと、木田が待っていたように苦笑する。

「ほんとにあいつはああいうことばっかいって、まいっちゃうよな」

ぼくは「そうだな」となんとか笑みをつくりながら頷いた。木田は「まったくしようがない」とくりかえしたあと、ふいに真剣な面持《おもも》ちになってぼくを見た。

「水森ちゃんさ、早くちゃんとした彼女、つくりなよ。そうすりゃ、あんなこといわれなくてすむよ。合コンにいやいや参加してるんだろうけどさ、いままでにいい子、いなかった？ああいう席がいやだったら、俺がちゃんと紹介してもいいからさ」

「……なんだよ、急にあらたまって」

つくり笑いもあっけなく消えて、ぼくはうろたえた。木田は少し口ごもったあと、「いや、俺はずっと考えてたことなんだけど」と呟いた。おもむろにテーブルの上で手を合わせて、何度も指を組んだりはずしたりをくりかえす。

「考えてはいたんだよね。水森が落ち着いたほうがさ、そのほうがいいような気がして。いろいろな意味でさ」

不自然なその手の動きを見ているうちに、ぼくは「ああ」と思い当たった。

(──矢萩のためにも、そのほうがいいような気がして？)

木田がぼくを合コンに誘うのは、たんなる人数合わせではなくて、そういう意味もあったのか。

(バレバレですよ)

もしそうなら、堀田よりもずっとぼくと矢萩のそばにいる木田が気づいていないはずはない。

けれども、そもそもなにに気づいているというのだろう。

──ぼくと矢萩のなにに？

「ま、俺は水森ちゃんがいいなら、それでいいんだけどね」

木田はそんな言葉でしめくくって、戻ってきた堀田と入れ替わりに手洗いに立った。

ぼくはグラスに残っていたビールを一気にあおる。堀田が「お」と目をむいた。

「水森さん、いい飲みっぷりですね」

堀田に罪はないのだが、ぼくはじろりと睨みつけずにはいられなかった。

「……どいつもこいつも、飲まなきゃいられないようなこと、いうからだよ」

新たにグラスに注ぎ、続けて飲もうとすると、堀田がぼくの腕をつかむ。

「自棄酒《やけざけ》なら、やめたほうがいいですよ。さっきはすいませんでした。変なことをいって。だけど、どうしても気になっちゃうんですよね。矢萩さんと水森さんのこと。これって、嫉《しっ》妬《と》なんですかね。矢萩さんでも駄目なら、俺なんかまったく可能性ないんだろうけど。わかってるんだけど」

指が食い込むかと思うほどの強さでもって、堀田はぼくの腕をつかんでいた。「離せよ」となるべく落ち着いた声でいって、ぼくはその手を振り払う。

「くだらないことばっかりいってないで、ビールつげよ、ほら」

堀田は気の抜けた顔になって、「はいはい」と後輩モードに戻り、おとなしくビールをついだ。

「ほんとにキツイひとだなあ」

表向きは平静を保っていたけれども、ぼくは正直なところ、「うるさい、うるさい」と怒《ど》鳴《な》りたかった。

みんな、わかっているようなことばっかりいって、ぼくと矢萩のなにがわかるっていうんだ？　当の本人たちにさえわからずに、暗号のようなやりとりをしてるっていうのに。

なにもかもが腹立たしかった。そうやって——気がつくと、いつのまにかぼくはこの場にはいない男のことばかりを考えている。その事実を思い知らされて、愕然《がくぜん》とする。

どうしていつもあいつのことを考えなくてはならないのだろう。

それが不思議でしようがなくて。だけど、それ以外にはぼくにはなにもないような気がして、それがとてもせつなくて——いとしくて？

少しばかり酔ったぼくをアパートまで送り届けたのは、堀田だった。

やつは終始「まったく世話がやけるひとだな」を連発していた。酔っているぼくに対してなにもあやしいことはいわなかったけれども、ぼくのからだを支える腕が、妙に吸いつくように、まとわりつくように動く。

セクハラ、というほどのことでもないけれども、普通男の友達がもたれかかってきたら、「ったく、そんなにくっつくなよな」と、嫌悪まではいかなくてもどこか乾いた感触がするものなのに、堀田のそれは違った。その腕には、ぼくが少しでも力を抜いてもたれかかったなら、そのままからめとられてしまいそうな、湿った熱がこもっていた。

ドアを開けて玄関に入ったところで、ぼくは堀田を押し退《の》け、「ありがと。悪かったな」と突き放すように礼をいった。

「大丈夫ですか？　俺、帰るけど」

「いいよ。帰っていい」

堀田は「そうですか？」と少し名残惜《なごり》しそうな顔を見せながらも、おとなしく帰っていった。

ぼくはドアを閉めてすぐに鍵をかけ、部屋に入るなり、上着だけを脱いでベッドに寝転がった。

なにをやってるんだろうな、ぼくは。後輩相手に、こんな妙な緊張感を覚えていたら、まったく身がもたない。

ぼくは上着を拾って、携帯を手にとった。矢萩の声が聞きたい、と思った。

八つ当たりだとわかっているのに、「なにやってるんだよ、矢萩」と怒鳴りつけてやりたかった。こんな俺を放っておいて、おまえはいまどこでなにをしてるんだよ。

あいにく留守電につながったので、なにもメッセージを残さずに電話を切る。

まともな感覚ならなんでもないことなのに、矢萩がでなかったというだけで、ぼくは一瞬、世界の終わりのように悲嘆にくれてしまった。

そして、ふっと我に帰る。

(なにをやってるんだろう)

しっかりしろよ、いい歳をして——と、自らを叱咤《しった》しかけて笑う。

なあ、矢萩、これは案外キツイ言葉じゃないか?

これじゃ、もう馬鹿もできやしない……。

やがて酔いもすっかり醒《さ》めてきて、ぼくはベッドから起き上がり、上着がしわにならないようにハンガーにかけた。シャワーでも浴びようかと、ネクタイをゆるめたときだった。べッドに放り投げてあった携帯が鳴った。矢萩からのコールバックだった。

ぼくは震える手を叱《しか》りつけるようにして、つとめて冷静に「はい」と応える。

『水森？　ごめん、電話くれた？　さっき帰ってきて、ちょうど風呂入ってたところでさ』

ずいぶん遅くまで仕事をしていたことになるのに、そのときの矢萩の声には疲れた様子は微塵《みじん》も感じられなかった。

それほど急《せ》いて電話をかけてくれなくてもいいのに。くだらない電話なのに。

「……仕事、してたんだ？　いままで」

『ああ。どうもね、やっぱり仕事場と寝場所が近いって駄目だよな。いつでも帰れると思うからさ。どうしたんだよ、今夜、木田たちと飲みにいってたんだろ？』

「ああ、そう……それで……」

そこで言葉が続かなくなった。

もう馬鹿はできないと、気持ちを落ち着けたはずだったのに。

『水森？　なんだよ。どうした？』

なのに、ぼくは震えた。どうしようもなく心が震えて——。

あふれでそうになるものをこらえたら、息苦しいような笑い声になった。

「……なんかさ、おまえに電話したくなっちゃって。木田たちに会ったらさ」

『ああ、悪かったな。せっかく誘ってくれたのに』

「それはいいんだけどさ」

そこでまた言葉に詰まってしまった。

『水森?』

「悪い、俺、少し酔ってて……」

変な電話だ。矢萩もおかしく思っているだろう。わかっていても、どうすることもできない。まともに話せそうもなかったら、「ごめん」と切ってしまえばいい。それなのに、切れない。切りたくない。

つながっていたいのだ、矢萩と。

そう考えて、まるで強い酒を一気にあおったときのように、胸が熱くやけた。

ただ声を聞きたい。それだけで。

その一言がどうしてもいえなくて――。

『水森、おい、どうしたんだよ?　具合悪いのか?』

最悪だ。声にならない声でそう呟くと、矢萩は「え?」と聞き返してきた。

最悪だよ、こんな気持ちになるなんて。

『おい?　大丈夫か?　なにいってるんだよ』

馬鹿、と今度はもう少しはっきりと唇を動かした。馬鹿野郎……。そばにいてくれよ。会いたい。

矢萩が息を呑む気配がした。

「会いたい――」

聞こえる声でいったのか、それとも心のなかでいったのか。

どちらでもよかった。どちらにしても、ぼくはもう限界だった。考えるよりも早く指先の神経が動いて、切れないと思っていた電話をようやく切ってくれた。


翌朝、インターホンの音で目が覚めた。

もう二度と目覚めないんじゃないかと思いながら落ちた深い眠りの底からむりやり引き上げられ、ぼくは枕もとの時計を見る。まだ朝の六時過ぎだった。

昨夜はあれから着替えることもなく眠ってしまい、ワイシャツ姿のままだった。

インターホンはまだ鳴り続けている。

からだはだるいし、気分は最悪。

普通なら無視してしまうところなのに、しつこい音に根負けして、ぼくは玄関に向かった。

ドアを開けると、思わぬ人物が立っていた。

「大丈夫か？　おまえ。なんなんだよ。あの変な電話は」

矢萩はつかつかと玄関に入ってきて、ぼくの顔をまじまじと見る。

大丈夫か、といっている割には、矢萩のほうが大丈夫そうではなかった。Gパンに Tシャツ、しわだらけのシャツをひっかけただけの格好で、表情は目が落ち窪《くぼ》んでいて、明らかに寝不足の顔だ。

ぼくは驚きのあまり声もだせずに後ずさりした。

「水森？」

逃げるように足早に部屋のなかに入って、窓際のベッドに座り込むぼくを、矢萩は「おい」と追いかけてきた。戸口のところでいったん足を止め、ぼくの反応にとまどっているのか、わずかに途方に暮れた顔をして立ちつくす。

ぼくの足元には、昨夜放りなげたままの携帯電話が転がっていた。それを目にした途端、まるで読まれては困る手紙がそのまま置かれているような居心地の悪さを味わった。

ふいに沈黙が怖くなり、ぼくは矢萩を睨みつけた。

「どうしたんだよ。なんでここにいるんだ」

昨夜の電話のことにふれられたくないと思ったら、自然と責める口調になってしまった。

「どうしたって、あのな……」

矢萩は小さく舌打ちすると、部屋のなかに進んできてテーブルのそばに腰を下ろした。セットもしていない前髪をかきあげながら、怒鳴ろうかどうしようかと迷っているようにぼくを見る。

ぼくはばつが悪くて睨み続けるしかなかった。やがて矢萩は厳しい表情をゆるめると、ためいきをついて苦笑した。

「ひとがせっかく駆けつけたっていうのに、最初にでてくる言葉はそれか。水森はほんとに俺にやさしくないよな」

ぼくはあらためて時計を確認する。やはりまだ六時を過ぎたばかり。栃木にいるはずの矢萩がここにいるってことは。

「……車で……？」

矢萩はおもしろくなさそうに「そう」とそっけなく頷き、ポケットから煙草をとりだして一本口にくわえた。

「夜中にあんな電話されちゃ、気になるだろ。どうせ酔ってるんだろうと思ったけどさ、気になったから……眠ろうと思ったけど、結局眠れなくて」

煙草を吸いながら、矢萩はあさってのほうを向いていた。その横顔に垣間見える照れくさそうな表情。

ぼくは全身の力が抜けていくような安堵を覚えながら、「どうして」と思う。

どうしてだろう。昨夜は一瞬でも世界の終わりのように感じたり、二度と目覚めないんじゃないかと思ったりしたはずなのに。こんなにもたやすく、ぼくを沈ませていた心のおもりは外されていく。

矢萩が目の前にいるというだけで。

「心配になって、ろくに眠らないまま車を二時間以上も走らせて駆けつけてみれば、『なんでここにいるんだ』って睨まれるんだから、こっちは立つ瀬ないよな。この落とし前をいったいどうつけてくれるんでしょうね、水森サンは」

「……勝手にきたくせに」

ぼくがぼそりといいかえすと、矢萩は「お」と片眉をつりあげ、唇に笑いをにじませる。

「また、すぐそうやってかわいくないことをいう」

「酔っ払いの戯言ぐらい、聞き流せばいいだろ？　おまえは友達が酔って電話したからって、すぐに駆けつけるのか？」

「そりゃ、いつもなら無視するさ。だけど、おまえが……」

いいかけて、矢萩は言葉を止めた。その一瞬の間に、ぼくは矢萩がいいたいことがなんなのかわかってしまった。

（――だけど、おまえが「会いたい」っていうから）

やっぱり声にだしていっていたのか。聞かれていた。そう考えると、体中の血液が逆流しそうになった。

ぼくの不自然な様子を感じとっただろうに、矢萩はその続きをいうわけでもなく、煙草をテーブルの上の灰皿に押しつけると、立ち上がった。

「ま、いいけどな。とにかく腹減ったから、なにか食っていい？　おまえも朝メシ食うだろ」

キッチンに入っていく矢萩を見送って、ぼくは脱力した。とりあえず平静を取り戻そうとワイシャツを脱いで、Tシャツとスウェットに着替える。外気に肌がふれた途端、ぞくりと寒気がしてクシャミがでてきた。

キッチンからはトントンと小気味よい包丁の音が聞こえてくる。このまま互いの胸の内に不自然さを押し込めてしまえば、いつもと変わらない時間が流れていきそうだった。

「会いたい」なんて——夜中に思わず声を絞りだしてしまうような痛い想いは、すべて消し去って。

けれども、「それでいいのか」という声がどこからともなく聞こえてくるのも事実で……。

ぼくは目を閉じて、矢萩の調理する物音に耳をすませた。

矢萩がそばにいる——この場所をなくしたくない。ぼくのなかで、はっきりしているのはただそれだけで。

「水森、メシできたよ」

矢萩がテーブルに運んできてくれた食事を見て、ぼくは思わず顔をしかめる。大皿にのせられた野菜炒めがあったからだ。

矢萩が「なにかいいたそうだな」と突っ込んできたので、普段と同じ調子で返すことができた。

「朝から野菜炒めなんて変じゃないか？」

「まあ、そういうなよ。なんだか猛烈に野菜が食いたくてさ。寮は自炊できないから、つらいんだよな。食堂のメシもまずくはないし、台所があったときもそんなに自分で凝《こ》ったものをつくるってわけでもなかったんだけど。つくれないと思ったら、自分のつくる野菜炒めの、あのいい感じの塩加減がなつかしくてさ」

「――ないものねだり」

「そのとおりなんだけどさ」

そういって、矢萩は早速自分で作った野菜炒めを豪快に頬張った。ぼくもつられて、野菜炒めを口に運ぶ。先ほどのトントンというやさしい包丁の音のように、あたたかい塩気のある味がした。

「うまいよ」

「それはそれは。水森サンのお口に合ってよかったよ」

嫌味たらしく返されて、ぼくは唸《うな》る。

「悪かったよ……勝手にきたくせになんていって。ありがとう……心配してくれて」

「その言葉を、一番最初にいってくれたら、俺は感激して泣いてしまうところだったけどな。

危なかった」

「おまえ、しつこいぞ」

気まずい思いを噛みしめる。矢萩は黙り込んだが、やがてこらえきれぬように小さく笑いだした。

「かなわないよな。水森のいうことはいつも正しいから」

「なにがだよ」

「そうやってさ、何気ない一言が全部俺の心に突き刺さるわけ。グサグサと。おまけにいってることがすべて正しいもんだから、こっちは黙り込むしかない。『朝から野菜炒めなんてヘン』といわれればそうだし、『酔っ払いの電話なんか無視しろ』ってのもそのとおりだし、『なんでここにいるんだ』っていわれれば、俺自身、なんでわざわざ二時間以上もかけて飛んできたのかきちんと説明できないもんだから、まったく反論の余地なし。お見事。おまけに、俺はたしかにしつこいしな」

嫌味ではなく、心の底からしみじみ感じているふうだったので、ぼくはショックを覚えた。

「俺……そんなにキツイことといってるか？　考えなしに？」

「そうじゃないよ。キツイんじゃない。ただ、おまえの頭のほうがクリアーだからさ、俺よりきちんとものが見えるってこと。で、俺は時々、それがいやってほど身に染みて自分が考えなしだなって思い知らされる。おまえはつねに冷静な判断を下すからさ。ひとにいわれたことない？　うかつには口説けないぞってオーラがでてるって」

「なんで俺が口説かれるんだよ」

話が妙な方向に転がってあわてるぼくを、矢萩はおもしろそうに見つめた。

「いわれたことあるだろう？　あんまりキツイこといわれたら口説く自信なくすから、『キツイこといわないでください』って誰かに懇願されたことあるんじゃないの？」

思い当たることはあった。それはそのまま、堀田の台詞じゃないか。

「ひとのこと、まるで情緒欠陥のロボットみたいに……」

「そういうんじゃないけどさ。たまには、俺にもやさしくしてくださいってことだよ」

矢萩はにっこりといつもの曲者の笑顔を見せたあと、独り言のようにつけくわえる。

「俺も水森に対しては自信ないな。口説《くど》けないよ」

思わず返答に詰まる。

矢萩のこういう台詞がぼくの表層部分をさらりと通過して、深いところに思わぬキズをつけるのだ。表面はまったく無傷なままだから、なにも気づかないふりもできるけれども。いままでずっとそうしてきたけれども。

「口説かなくて結構だよ」

いつものようになんとか憎まれ口を返すと、矢萩は「そうだな」と笑ってあっさり頷く。

「おまえは正しい。だからさ……おまえに否定されたら、つらいだろうな」

そのとき、なぜかぼくの脳裏にはいつかの夏の日の情景が甦った。明け方、息苦しいような顔つきをしてぼくを見下ろしていた矢萩。とっさに、ぼくは寝ぼけたふりをした。「襲われるかと思ったよ」といったぼくに、矢萩は背中を向けたままで……。

「矢萩……」

なにをいうつもりなのかわからなかった。口を開きかけた途端、それをさえぎるように大きなクシャミがでた。

「どうした？　風邪ひいた？」

「ん……それっぽいかな。少しだるくて」

先ほどから感じていた寒気がさらにひどくなって全身を震わせる。

ぼくは座ったまま後退すると、ベッドを背もたれにして寄りかかった。からだをよじってシーツに顔をうずめる。

なにをいおうと思っていたのか。うまくかたちにならないまま、感情だけがふつふつとわきあがってきて。

「ちゃんと寝たほうがいいんじゃないか？　熱は？」

矢萩が近づいてきて、心配そうにぼくの額に手をあてる。長い指が、洗い立てのタオルみたいにふんわりと額にのった。

ふれてくる指先の体温が気持ち良かった。ぼんやりしてしまいそうなほど。

「……じっとりしてないな」

思わず呟くと、矢萩は「え？」と不思議そうな顔をした。

「昨夜、堀田にアパートまで送ってもらったんだ。そのとき、やつが俺のこと支えてくれたんだけどさ、手のひらからじっとりとした感触というか、妙な熱が伝わってきて。……少し、怖かった。なんでだろうな。こうして……おまえなら平気なんだけど、堀田にさわられたとき、気持ち悪くて」

矢萩はあまり表情を動かさないままぼくの話を聞いていたが、やがて唇の端に皮肉げな笑みを浮かべる。

「そりゃ、堀田は水森に興味津々だから。どんなに隠したって、下心あるだろうし」

「……おまえは？」

矢萩の瞳《ひとみ》の奥がわずかに揺らいだ。

「――そんなものないよ」

すぐに笑いとばして、まるでごまかすように「少し熱いな」と呟いたあと、ぼくの額から手をはずす。

とっさにぼくは矢萩の背中に腕を回して、もたれかかるようにからだを押しつけた。

「水森？」

「……だるいから……少し……」

矢萩が身を硬くして、息を詰めるのがわかった。その肩に額をうずめながら、ぼくは早くも混乱していた。どうしてこんなことをしてしまったのかわからなくて。

奇妙な熱に押されていた。いつも見えないところに付けられていた傷跡がいっせいに痛みだしたみたいに。

矢萩のからだから薄いシャツ越しに流れ込んでくる体温。ふんわりしたタオルみたいだったそれが、徐々に湿り気を帯びた熱をはらんでくる。ぼくの全身もじんわりと汗ばんで……。深い水のなかに沈み込んでいるみたいに、ぼくは出口のない息苦しさに捕らわれたまま動けない。

先に動いたのは、矢萩のほうだった。たまりかねたように小さく息をつく。

「水森は意地悪だな。そんなふうにくっつかれると、さすがにヤバイんだけど。水森は時々忘れてるみたいだけど、俺だって男なんだけど。しかも、男が好きな」

笑いを含んだ声と、冗談めかした調子に救われて、ぼくはようやく全身の力を抜いた。

「だって……おまえは俺にはなにもしないんだろ。俺だけにはそういう気にならないんだろ」

「そりゃ、しないけど……そういう気にならないわけじゃなくて」

意外な一言を聞いて、再び緊張が走る。

思わず仰ぎ見ると、矢萩はまるで子供が強がって苦痛を我慢しているような、ぎこちない笑みを浮かべていた。

笑いの奥に、いままで見たことのない荒々しい色が見え隠れする。それは消えそうで、大きく燃え上がりそうで、不安定な炎みたいにゆらゆらと揺れて。

「水森にそんなふうにされると、俺は考えなしのことをしてしまいそうになるから。それが……少し怖い」

怖い？

その一言を聞いて、ぼくも初めて友達以上の距離で矢萩にふれている事実に怖《お》じ気《け》づきそうになった。

慌てて逃げちゃいけない。走って逃げたら追われて捕まえられてしまう。そんな動物の本能をどこかで考えていたのだろうか。あの夏、ぼくは平然と寝ぼけたふりをした。そして、いまは……？

ぼくを見つめる矢萩の目には、あのときと同じように、下手《へた》に動いたらはじけてしまいそうな熱が宿っていた。感情ではブレーキのきかない、生々しい、蒸気のような温度を発しているもの。

あのときと違って、ぼくはいま、平静にその目を見つめ返すことができなかった。

さっと目をそらし、うろたえたままからだを引いて逃げようとするぼくの背中に、近づいてくる熱があった。振り返ると、肩越しに矢萩の顔が見えた。その動きはまるでスローモーションのようにぼくの目には映った。

次の瞬間、骨が折れるのではないかと思うほど後ろからきつく抱きしめられて、ハッとする。

――息ができない。

それはあまりにも突然で、そのときぼくが感じたショックも、まったく予想しえなかったもので。

その腕の感触があまりにも圧倒的で、力強くて、そして……やさしくて。

「熱い――」

共鳴しているみたいな不思議な響き。

「水森……。やっぱり熱があるみたいだな」

激しい抱擁に反して、矢萩の声は奇妙なほど静かだった。

なに？　なにをいってるんだ？　おまえ。

だが、それもあくまで表面的なもので、実際には矢萩が混乱しているのがわかる。平坦に聞こえる語尾がわずかに震えている。

おそらく矢萩はこんなふうにするつもりはなかったのだろう。頭の回転の速いやつのことだから、いま、この瞬間にも『風邪で弱ってる水森が色っぽくてさ』――そんな一言で終わらせようと考えているに違いない。どうして抱きしめてしまったのだろうと困惑しながら。

「水森……ちゃんとベッドで眠ったほうがいい」

まるで頭と身体が分離してしまったかのように、矢萩の腕はぼくを抱きしめたまま、離さない。

どうせ冗談にしてしまうなら、早く離せばいいのに。いつまで抱きしめてるんだよ。こんなふうに……まるで恋人みたいに。

「熱い……」

矢萩は吐息のような声をぼくの耳もとに吹き込む。

それは風邪のせいだ。熱があるからだ。ぼくがこんなふうに抱きしめられてじっとしているのも、そのせいだ。

こうして抱きあっていたら、少しは本音が見えるのだろうか。あの夏の明け方、もしぼくがもう少し目を覚ますのが遅かったら？　もし違う反応を示していたら？　おまえはどうした？

(おまえだけは好きにならない)

だって、はっきりとしている事実はそれだけで。すべてはぼくの自意識過剰かもしれなくて、勝手な思い込みかもしれなくて。

だから、こうして腕のなかにいても、決してふれることのない幻に抱きしめられているみたいに、ぼくは動けない。

4

六月に入って仕事でちょっとしたトラブルが続き、忙殺される日々が続いた。

次から次へと片付ける課題が山積みになっていて、普段なら「勘弁してくれよ」となるところだが、よけいなことを考える余裕もない状態は、このときのぼくにはありがたかった。

矢萩からの連絡がこない。

まったく暇なやつだな、とうんざりしながらもあるのがあたりまえだと思っていた週二回の電話が途絶えた。

忙しさのおかげでぼくはそのことを深く考えずにすんだけれども、仕事の合間にふっと気を抜くことがあると、そのことばかりが頭に浮かぶ。

――どうして連絡してこない？

栃木からいきなり駆けつけてきたあの日。

矢萩は抱きしめていたぼくをようやく解放したあと、そのことについてはいっさい釈明しないまま、「早く眠ったほうがいい」とぼくを無理やりベッドに押し込んで、風邪薬を飲ませた。薬のせいで、ぼくはすぐに眠ってしまった。目を覚ましても、矢萩とは会話らしい会話をしなかった。

矢萩は近くのスーパーに買い物にいったり、テレビを見たり、パソコンをいじったり、台所で食事をつくったり――とにかく、普段となんら変わることのない様子で過ごしていた。そうして、風邪をひいたぼくの面倒を見つつ一晩泊まったあと、「無理するなよ」といいのこして、日曜日の午後には栃木の寮に帰っていった。

どうも合点がいかない。

あれほどなにもなかったという態度を貫き通しておいて、その後、連絡がないっていうのはどういうことなんだ？　これはあまり賢いやりかたじゃないだろう。

（矢萩らしくないじゃないか）

そういってやりたかったが、あの日の抱擁を思いだすと、いまだに冷静に話せる自信がなくて、ぼくのほうから電話することはできなかった。仕事が忙しいという理由にも逃げ続けていて。

矢萩がぼくの部屋に駆けつけてきたのは五月の終わり。それから連絡がないまま一週間、二週間と過ぎていき、湿った空気のなかに梅雨《つゆ》の気配が近づいてきた。

ひとりでアパートの部屋にいるとき、いつも電話が鳴っていた時刻になると、ぼくは条件反射的に矢萩のことを考える。夜のしじまに漂う雨のにおいは、なつかしい記憶を連れてきて――。

（おまえにだけはそんなことはしない）

学生時代、あの夏の明け方の出来事のあと、ぼくはまるでなにかから逃げるようにして、告白をしてくれたバイト先の女の子とつきあいはじめた。

そのことを初めて知ったときの矢萩がどんな反応をしたのか、よく覚えていない。おそらく不自然さなど欠片も見せなかったと思うが、ぼくは矢萩の顔をあまり見ないようにしていたからだ。

その後、しばらくして矢萩にもつきあう相手ができたらしかった。部屋には矢萩が着ないようなシャツが何気なく干されていたり、違う銘柄の煙草が置いてあったりしたことで察しがついた。

ぼくはあえて相手のことを詳しくたずねなかった。おまえがどういう相手と恋愛していようが、俺はまったく気にしない。そういう意思表示のつもりだったが、むしろものすごく気にしていたから、興味を示さないようにしていたのかもしれない。

当時、矢萩のそばに行くたび、ぼくは緊張に身を硬くしていた。矢萩のほうも一時期、真正面からぼくの顔を見ようとしなかった。だが、ほどなくして――。

「彼女、かわいい子なんだってな。木田から聞いたよ。お似合いだって」

ある日突然そういわれて、ぼくは面食らった。矢萩はまるで気にしたふうもなく、「今度、紹介してくれよ。おまえがつきあうなら、いい子なんだろうしな」とさらりと付け加えた。

それからというもの、いままで意識していたのが馬鹿らしくなるほど肩の力が抜けてしまって、ぼくは以前と同じように矢萩に接することができるようになった。

違う銘柄の煙草を吸う誰かのことはたずねなかった。一度も会ったことはなかったし、矢萩もまた話すことはなかった。矢萩の部屋に誰かが出入りしている気配は、まるでそれが幻だったとでもいうようにやがて消えていった。

そういえば、これだけ長いあいだ友達でいるのに、矢萩が誰かとつきあっていると感じたのは、あの一時期だけだ。まさかずっとひとり身というわけでもないだろうから、いろいろあるのだろうが、うまく隠しているのか、気配を感じたことがない。

あのとき、ぼくにわかるようにしたのは特別な意味があったのか。当時は少なくとも、矢萩にもつきあう相手がいて、なおかつぼくの彼女のことはまるで気にしないとわかったおかげで、ぼくは楽に呼吸することができたのだから。

(俺は変われないのに、ひとに『変わってくれ』とはいえない)

矢萩が高校のときにいった台詞を思い出す。

そうだ、俺だって変われない。おまえのことは友達だと思っている。だから、無理だ——。

当時、なにを要求されたわけでもないのに、ぼくは勝手にそう思い込んで耳をふさいでいた。

あの季節、時間はおそろしいほどに早く過ぎて、一瞬一瞬ごとに違う意味があり、二度と同じ瞬間は訪れない。それほど変化はめまぐるしくて、過ぎていく時間に置き去りにしてしまった想いは、いまさらこの手に取り戻すことはできない。

どんなに耳をすましても、あのころの声は聞こえないとわかっているのに。

雨音に聞き入るふりをしながら、ぼくは遠い時間を追いかける。

「あれ、水森さん。偶然ですね」

残業続きの仕事の合間を縫って、サボり気味だった英会話教室に顔をだすと、帰りに出口のところで堀田とばったり会った。

会社以外ではなんとなく一緒になるのを避けていたのだけれども、会ってしまっては無視するわけにもいかず、「コーヒーでも」という誘いを断れなかった。

「水森さん、最近忙しいみたいですね。俺のこと、全然相手にしてくれないし」

地下鉄の駅に近いカフェに入るなり、恨みがましい視線を向けてくる堀田を、ぼくは「ちょっと片付けることがたまってってさ」とかわした。

「おまえはどうなの？　ちゃんとあそこに定期的に通ってるんだ。個人レッスンだっけ。週一？」

なるべく無難に仕事の話を——そう思って話題を振ると、堀田は頭を抱え込んだ。

「ああ、俺、語学の才能ないんですよ。でも、TOEICの点数あげなきゃ、査定に響くじゃないですか。だから、頑張って個人レッスン通ってるけど。水森さんは、英語得意でしょ？　いいなあ」

「得意ったって、いまは英語できるやつ多いからさ。俺ぐらいのレベルじゃ、もう得意っていえないよ」

年々入ってくる新人のレベルもあがっている。英語に関していうなら、ぼくが入社したときの最低これだけはというTOEICの点数基準よりも、いまのほうがはるかに厳しい。

新人に「上の世代は頭悪いから」なんていわれたりしないように、こうやって英会話教室に通って地道に勉強したりしなきゃいけないわけだ。いいかげんにやっているようでいて、やっぱり自分もサラリーマン体質がすっかり身についているんだな、とぼくは少し苦い気持ちになってコーヒーをすする。

「そういや、水森さん、最近矢萩さんに会ってます？」

堀田の口からいきなり矢萩の名前がでたので、ドキリとした。

「いや」

「この前の飲み会でも会えなかったし、ちょっとご無沙汰だから、俺、このあいだご機嫌伺いのメールしたんですよ。矢萩さん、いまの会社、あまりにもあちこちに動かされるでしょ？　だから転職考えてるっていってましたよ。どうせ特許の仕事やるなら、弁理士の資格とったほうがいいし。都内で雇ってくれるところ探して、試験勉強に専念しようかなあって。まあ、あのひと優秀だから、引く手あまただろうし、弁理士試験もトントンと受かっちゃいそうですけどね」

「そうか……」

　いままでなら、そういった話は真っ先にぼくが聞かされていただろうに。

「まったく出来るひとは羨ましいですよね。ひがんじゃいますよ」

　昔からなんとなく矢萩に対抗心があるのは知っていたけれども、堀田がその劣等感をはっきりと口にするのは珍しかった。

「おまえも優秀じゃないか。同期のなかじゃ一番出来るやつだって、このあいだ田村《たむら》部長がいってたよ。幹部連中で話してるときに話題にでるんだとさ」

　堀田は「ほんとですか？」とまんざらでもなさそうな顔をしながらも、すぐに唇を尖らせる。

「でも、水森さんは、俺と矢萩さんだったら、矢萩さんのほうが出来るって評価するでしょう？　あっちがいいって思うでしょう？」

「仕事が違うんだから、なんともいいようがないよ。矢萩と比べてどうするよ」

　子供みたいに拗ねる姿がおかしくて、ぼくは笑いを禁じえなかった。

「水森さんに選んでもらったら、俺は矢萩さんに勝てた気になれるんだけどな。水森さんは見る目があるひとだから」

「……冷静に判断を下す、か」

矢萩の台詞を思いだして、ぼくは呟いた。堀田は「え？」と聞き返す。

「俺ってそんなに冷静に見えるかな。それって、あんまりほめ言葉じゃないよな。キツイ人間に見えるのかな」

「それって誰にいわれたんですか？　矢萩さん？　木田さん？」

ぼくは「さあ」と曖昧《あいまい》に言葉を濁した。

「キツイっていうか、まあキツイなあと思うときもあるけど。でも、なんか水森さんには認められたいって気にはなりますよね。うまく説明できないけど。水森さんはいつもきちんと物事を考えているように見えるから。たとえばみんなが馬鹿やってるときに、ひとりで真面目にほかの誰もが思いもつかないことを考えてそうってイメージで」

「たいしたことなんか考えてやしないよ」

仕事に追われて、食って寝る以外の時間はほとんどをそれに割《さ》いていて。ふっと仕事を忘れたときに思い浮かぶのは、矢萩のことだったりする。

——矢萩のこと。

「水森さん、今度ちゃんとメシでも食いにいきましょうよ。矢萩さん、なんか忙しいみたいだし。たまには俺につきあってくださいよ」

一瞬ぼんやりしかけていたぼくは、堀田のそんな誘いかけの声に引き戻された。人なつっこい顔をされると、無下に断ることもできず、「じゃあ今度な」と頷く。

「やった。約束ですよ。ゆっくりつきあってもらいますからね」

堀田はうれしそうに叫んでから、ふと語調を弱めた。

「さっき、水森さんには『認められたい』っていったでしょう。やっぱり俺にとっては、水森さんて特別なんですよね」

どう返事をしていいのかわからずに、ぼくはぬるくなったコーヒーを口に含んだ。ぼくが黙ったままでも、堀田は気にした様子はなく、満足そうだ。

墓穴を掘ったのだろうか、とも思ったけれども、いまのぼくにはやつの意味ありげな言動をあれこれ考えたりする余裕などない。

堀田と早々に別れて、ぼくはアパートに帰った。シャワーを浴びると、なにもする気にならない。とりあえず時間を有効に使うために、眠くなるまで英語の勉強をすることにした。ベッドに横たわり、ヘッドホンをつけてリスニングをしながらも、ふっと気がつくと時計と電話に目がいってしまう。

相変わらず矢萩からの連絡はない。

こちらから電話をすればいいのに、もう少しもう少し――と引き延ばしている自分がいる。

とりとめもない会話。矢萩の「水森」とぼくを呼ぶ声……。

矢萩からの電話がないと、自分の生活に組み込まれていた一部がごっそりと抜け落ちてしまったようで、落ち着かない。

いいかえれば、それさえあれば、いつもの日常に戻ることができる。

だけど、もう少し——決まりきった毎日から抜けだして、いつもとは違うことを考えてみたい。もう少しで……淡雪《あわゆき》みたいにすぐに溶けて消えてしまいそうな、自分の気持ちがつかめそうな気がするから。

何年もなかったものとして気づかないふりをしていたものを。

気がつくと、ぼくは耳に残る矢萩の声をくりかえし再生していた。まるで眠りに入る前のヒーリング音楽みたいにして。そして思いださないようにしようとしながらも、いつのまにか、あの日の抱擁の感触を反芻している。

やさしくて、力強い圧迫感。

知らなかった。矢萩があんなふうにひとを抱きしめるなんて。あんなふうにせつなげに力を込めてぼくにふれるなんて。

その驚きに満ちた感触をぼくのからだはしっかりと記憶していて、甦らせるたびにみっともないほどの心地よさを覚えている。

連絡が途絶えているというのに、その体温を思いだすだけで、矢萩がすぐそばにいるような錯覚を起こして、頬が熱くなる。

どうかしている——と思いながらも、考えることをやめられない。

俺は変われない。友達だろう。——ずっとそう思っていた。

そこから先は考えないようにしていたのに、いまさらどうしたいというのだろう。

答えもでないまま、矢萩のことばかり考えている。思えば、高校のときから、ぼくがこんなふうにあれこれ考えるのは矢萩のことが多かった。『男が好きなんだ』と告白されて、そのあと一週間、あれはどういう意味なのだろうと悩んで考えたこともあったっけ。矢萩には笑われたけれども。

(水森、ずっとそのことを考えてたわけ?)

考えてるよ、ずっと考えてる。

あまりにも静かすぎる夜、たったひとりの男のことを考えて、ぼくはいつまでも眠れない。

矢萩——いま、なにをしている?


六月も下旬になって、仕事が一段落したころになっても、矢萩からの連絡はなかった。

うっとうしい雨模様が続くなか、木田から「メシでも一緒にどう?」という誘いが入ったので、ぼくは滅入りがちな気分を晴らすためにも週末に会う約束をした。直接連絡がとれないものの、木田経由で矢萩の様子が聞けるかもしれなかったからだ。

　当日、喫茶店での待ち合わせを指定され、珍しいなと思いつつ約束の時間に出向くと、木田はひとりではなかった。仲間内でバーベキューなどしたときに何度か会ったことのある、木田の彼女がいた。

　秋の挙式を予定しているということで、具体的に話をすすめているらしい。このあいだ「そのうちに正式に報告する」といっていたから、木田は律儀にぼくと彼女を引き合わせたのだろう。ほんとにこういうところはマメで真面目なやつだ、と感心する。彼女は友達と約束があるということで、三十分ほどで席を立った。

「彼女も一緒でよかったのに」

「いやいや、俺には俺のつきあいがあるからさ。いまから、きっちりしておかないと」

　結婚前なのにずいぶん冷静なもんだなと思ったが、居酒屋に場所を変えて酒が入ってくると、木田もそれなりに気分が高揚していることがわかった。披露宴の話になって、「会社の連中がカメラ好き揃《ぞろ》いだから、いくら花嫁がきれいでも写真は撮らなくていいよ」などと声高に話す木田に、ぼくは「はいはい」と苦笑しながら頷く。

「水森ちゃんか矢萩に学生時代の友人ってことでスピーチ頼みたいんだけど、どう？　両方しゃべってもらってもいいけど」

「俺はやだよ。しゃべるのは矢萩向きだろ。俺は受付でもやるよ」

「いや、受付は社の後輩なんかにやらせるからいいんだけどさ。そうかあ……じゃ、矢萩に当たってみるか」

ぼくはごくりとビールを飲んで、言葉がひっかからないように喉をしめらせる。矢萩、と発音すると声が震えてしまわないかと心配で。

「ところでさ……木田、最近矢萩に連絡とってる？」

その一言をいうだけで、心臓がかなりみっともない音をたてていた。あの日の出来事を木田が知っているわけはないと思っていても、声が裏返ってしまいそうになるのはどうしようもない。

「んー？　ついこの前、電話したけど。あいつ、酔いつぶれてうちに泊まった夜、名刺入れを忘れていってさ。ベッドの下に落ちちゃってたんで、俺もやっと見つけたばっかりで」

「なんかいってた？　ずっと忙しかったから、俺、連絡とってなくて」

「そういや、親父《おやじ》の具合が悪いとかいってたっけ。でも、あいつ、三男坊だし、一番上の兄貴が結婚して近くにいるはずだから、そんなに深刻な話でもなかったけど。ちょっと具合が悪くて、入院したとか、そんな感じ。……なに？　聞いてなかった？」

「聞いてない……」

ぼくは目の前に木田がいることも忘れて、しばし考え込んでしまった。木田は初めなにも気づかないふうだったが、ぼくの沈黙があまりにも長いので、知らんふりもできなくなったのだろう。

「どうしたの？　なんか変な顔してるじゃん。矢萩となにかあった？」

「なにかって……」

いいよどむぼくに、木田は「なにかあるわけないか」とおかしそうに笑った。

「矢萩にそんな度胸あるはずないもんな。水森ちゃんに関しては、とくにさ」

それってどういう意味だよ、と突っ込むこともできたのに、ぼくはなぜかなにもいえなかった。なんだか白々しくて。

「おまえも……そう思うのか？」

「そうって？」

「だから……このまえ飲んだときにも、なんかいいたげだったじゃないか。その……」

ぼくがいいよどむと、木田はやれやれと笑った。

「矢萩が水森ちゃんを好きだってこと？　そりゃ誰だってそう思うよ。なに？　あいつを受け入れる心の準備ができたわけ？」

自分がずっと遠回しに考えていたことを、あっさりと暴露された上にいきなり核心を突かれて、ぼくは気色《けしき》ばむ。

「なんだよ、それ……受け入れるもなにも、俺はあいつになにもいわれたことないんだぞ。

なのに、なにをどうしろっていうんだよ」

木田は気が抜けたように「あ、そ……」と呟く。

「でも、いわれなくても、そういうのは雰囲気でさ。矢萩はかなり態度にだしてるほうだと思うけど。それでも無視してるから、俺、水森にはてっきり脈がないんだと思ってたよ。まあ男同士だから無理もないと思ったし。だから、このあいだも『彼女つくれ』っていったんだけど」

そういわれてしまうと、ぼくは押し黙るしかなかった。

木田は知っている。堀田も感じている。ぼく自身も気づかないふりをしていたけれども、自覚しつつある。

いいかげん暗号みたいなやりとりをするのにも疲れて、すべてを吐きだしたくなった。

「俺……わからないんだよ。矢萩がなに考えてるのか。あいつは俺にどうしろっていうんだよ。あんなに普段は押し出しの強い性格してるくせに、なにもいわないってのは変じゃないか。あいつは俺のこと、いったいなんだと思ってるのかな」

これは逃げだ。矢萩が、ではない。ぼく自身が矢萩をどう思っているかの答えをださなければならないのに。

あまりにもぼくが赤裸々に洩らすものだから、木田は少し驚いたようだった。「さあねえ」と肩をすくめる。

「それは俺がいうことじゃないから。でも、普段図々しくたって、そういうときまで強気とは限らないでしょ。そういう意味じゃ、矢萩は度胸ないからさ。まあ、矢萩に限らず、誰だって拒絶されてるって思ったら、それ以上踏み込む度胸なんてないと思うけど。俺が思うにね、矢萩は考えすぎなんだよね。水森ちゃんもそうだけど。ふたりとも頭で考えすぎ。だから、もうタイミングはずして駄目なんだよね」

木田はいったん姿勢を正してから、差し向かいに座っているぼくに身をのりだして説教するようにいう。

「あのねえ、ふつうさ、恋愛なんてガーッてその場の勢いというか、盛り上がりでいくところがあるわけ。そのあと少し冷静になって、頭で考える部分がでてくるんだよね。矢萩なんかはさ、もう最初に頭で考える部分で水森ちゃんのこと大事にしちゃって、信頼とか、そんなもんばかり考えてるから、それ以上なにもできずに進めないんだよ。ふたりとも頭良すぎだからさ。少しは馬鹿になりゃいいじゃん」

最後のほうはまるで怒っているような口調だった。まるきり正論のような気がして、ぼくはおとなしくうなだれて聞いているしかない。

木田は「やれやれ」というように眼鏡をはずして目頭を押さえる。

「ま、俺もこんなこと考えたのは、つい最近なんだけど。俺も結婚したら恋愛関係から戦線離脱しちゃうんだなあ、と思ったら、ひとのことが気になっちゃってさ。そういや、すぐ近くに昔からぐずぐずしてるやつらがいたなあって。黙って見てられなくて」

情けなかった。まったくいい年をして、ぼくも矢萩も友達になんの心配をさせているのか。

「……だけど、『好きにならない』っていわれたんだよ」

いってしまってから、自分がその一言にずっとこだわっていたのだとあらためて気づく。

「頭で考えるもなにも、俺はあいつに最初にいわれたんだ。『俺は男が好きだけど、おまえだけは好きにならない』って。いつもいつも『おまえだけは』って対象外みたいないいかたされて、どうしろっていうんだ」

ぶちまけてしまったら、胸のつかえがすっととれた。木田は目を丸くする。

「おまえだけは……って、矢萩にそういわれたの？」

「ああ」

ぼくは不機嫌に答えて、グラスに残っていた酒を一気にあおる。木田がおかしそうに声をたてて笑った。

「そりゃ、しようがないよ。さっきからいってるじゃない。矢萩は度胸がないって。水森ちゃん、そのあと十年以上もつきあってて、矢萩がほんとはなにをいいたかったのか、なんとなくわかりそうなもんじゃない？」

矢萩から連絡があったのは、木田と飲んだ翌週——傘をさしても役にたたない、どしゃ降りの夜だった。

会社が終わったときには一番ひどい降りで、ぼくは自分の運の悪さを呪った。最寄り駅に着いて改札を出ても、雨は少しも小降りになっていなかった。まさにバケツを引っくり返したような降りで、少し雨宿りをするかと開きかけた傘をいったん閉じた。

ためいきをつきながら空を眺めていると、携帯に矢萩からの電話が入った。いきなりだったので、ぼくは身構えるひまもなく、電話にでた。矢萩はまったく普段通りの調子で話しかけてきた。

『久しぶり。元気？』

待ちこがれていたはずの電話なのに、あまりにも普通なので、拍子抜けした。

なにが元気なんだよ、といってやりたいのをぐっとこらえ、「なんの用だよ」と冷たく問い返す。

みっともない話だが、矢萩の声を聞いた途端に、あのときの抱擁の感触を思いだして、頬にかすかな熱を覚えた。

『そんなに怖い声ださないでくれないかな。あのさ、これから水森んとこ行ってもいいかな。俺、今日からしばらく休暇とってて、もうこっちにきてるんだよね。しばらく泊まらせてほしいんだけど』

「なんで？」

久々に電話がかかってきたと思ったら、いきなり「泊まってもいい？」ときた。ぼくは矢萩の存在自体に「なんで？」と突きつけたかった。

なんで、おまえはぼくに対して、そんなにわけのわからない態度をとる？

ぼくの声からこわばった調子を感じとったのか、矢萩は「ごめん」と謝った。

『都合悪いなら、ほかのやつのところに泊まるから』

ぼくは返事をしなかった。『突然で悪かった』といって電話が切られそうになった瞬間、「待てよ」と声がでた。雨の音がものすごいので聞き取れなかったのか、矢萩が『え？』と聞き返す。ぼくは「待てよ」ともう一度大きな声をだした。

「いいよ。こいよ」

こんなどしゃ降りだ。もし矢萩がくるのをことわったら、ぼくはまた一晩、気が滅入る雨音を聞きながらひとりで鬱々《うつうつ》と過ごすことになるのだろう。そして、いったい誰のところに泊まったのかとあれこれ考えて。

「こいよ。——会いたい。いま、どこにいるんだよ」

束の間の沈黙のあと、矢萩は静かに答えた。

『もうアパートの近くにいる。途中のコンビニのところ』

アパートの階段をのぼってくるぼくを見て、ドアの前で待っていた矢萩は軽く手をあげた。ぼくも濡れていたが、矢萩もびしょ濡れだった。今日から休暇だといっていたのに、スーツ姿で、書類ケースを脇に抱えている。

部屋に入ると、とりあえずシャワーを使うことにして、ぼくが先にバスルームに入った。シャワーを浴びて着替えて出てくると、矢萩は書類ケースから封筒をだして、その中身を見ていた。

「シャワーあいたけど」

声をかけながらちらりと目線を走らすと、その手にあるのは、大手電機の社名入り封筒。それをケースのなかにしまって立ち上がると、矢萩は「これ」とコンビニの袋を差しだして「つまみが入ってるから」といいおいて、バスルームに入っていった。

シャワーを浴びて出てくると、矢萩は「乾杯」とビールを開け、仕事が忙しかったこと、実家のことで少しごたごたしていたので落ち着かなかったことなどを話しはじめた。

「親父さんの具合が悪いんだって？」

木田から聞いたことを話すと、矢萩は少し決まりが悪そうに笑った。

「なんだ。情報が早いな。まあ、たいしたことないんだけど。肝炎で、しばらく安静にするために入院してる。兄貴がいるからなにも心配いらないんだけどね。俺、兄貴たちとは年が離れてるから、親父はもうけっこうな年なんだ。母親のことも気になるし、それで週末、何度か実家のほうに帰ってた。実家に帰ると、いろいろお説教されてね。ここ何週間は自分の人生の行く末についてしみじみ考えたよ」

ふうん、と相槌を打ちながら、ぼくはテーブルの上に置かれている矢萩の煙草を手にとって「もらっていい?」とたずねる。

「水森、煙草吸うんだっけ」

「吸わないけど……昔、たまにね。大学受験のとき、たまーに勉強しながらひとりで吸ってた。イライラ防止で」

「知らなかったな。水森のことはなんでも知ってると思ってたのに。俺の知らない水森がまだいたんだ」

笑いながらぼくの煙草に火をつける矢萩に、ぼくは「気持ち悪いことというなよ」といいかえす。

いつもの軽口。憎まれ口。

だって、煙草でも吸っていないと、ふとした瞬間に手が震えてしまいそうで。なんでもないことで赤くなってしまいそうで。

……とてもやっていられない。

「で、人生の行く末を考えたうえで、今日は転職活動？」

先ほどから気になっていた書類ケースに目をやりながらたずねると、矢萩は目を丸くした。

「俺のあとつけてたのか？」

「馬鹿いえ。休暇中なのに、スーツで出てきて書類ケースもってウロウロしてたら、誰だってそう思うだろ。それに、堀田からちらっと聞いてたし」

「堀田にいったら、バラしてくださいっていってるようなもんだもんな」

矢萩は苦笑しながら書類ケースを手にとると、中身の封筒を無造作にテーブルの上に放った。

「すぐ動く気はないから、しばらく情報収集だけなんだけどね。親父のこともあったし、ちょうど仕事も一段落ついて有給休暇を消化しようと思ってたところだったから。今日は試しにツテのあるところを回ってみた」

「弁理士の資格とるんだって？」

「ああ……それはいまの職場にいても、いずれはとらなきゃと思って準備してたことだから。そっちのほうがたぶん先になるかもしれないな。まだなんともいえないけど。いまの会社の仕事自体に不満があるわけじゃないけど、やっぱりあちこちに動かされるのがね。俺も自分の生活設計が全然できない状態になってるし。できれば、友達が多いこっちで過ごしたいっていうのもあってさ」

「……なるほどね」

ぼくは煙草の煙を深く吸い込んで、むせた。矢萩が「無理するなよ」といったけれども、無視して再び煙草を口にくわえる。

なるほど、なるほど、そうか。

そうやって、おまえは自分のやりたいように着実にことを進めているわけだ。こっちが同じ場所をぐるぐる回ってるときに。

たぶんこいつはうまくやるんだろう。それが自分でもわかっているんだろう。

転職のことは矢萩のなかではもうすでに決められていたことで、誰に相談する必要もなかったに違いない。

それにしても癪にさわるのは、この数週間、あの出来事をあれこれ悩んでいたのはぼくだけで、こいつが連絡をよこさなかったのは自分の都合でほんとうに忙しかったからに過ぎないという事実。

おまえはいまどうしてるんだ、とばかり考えてたぼくはなんなんだ？

「……おまえはすごいな」

文句をいってやるつもりだったのに、気がつくと、苦笑しながらそう呟いていた。

嫌味ではなく、本心だった。これだけ自分との差をはっきりつけられると感嘆するしかない。

「なんだよ、急に」

「いや、ほんと。すごいよ。おまえは俺のことを冷静だなんていうけど、おまえのほうが全然上手。このあいださ、ちょうど堀田とも話してたところだったんだ。出来るやつは羨ましいって」

「そんな話してるわけ？　堀田と？」

堀田の名前を口にしながら、矢萩はいやそうに眉をしかめた。

「あいつはおまえに対抗心バリバリだもん。でも、俺が思うに、その実、憧《あこが》れてるんじゃないの？　出来る男の矢萩先輩に」

「やめてくれよ」

矢萩はしかめっ面のまま、への字に曲げた口にビールを運ぶ。

「なんで？　俺もおまえはすごいと思うけどな。まったく肩に力が入ってないように見えるのに人一倍努力してて、ちゃんと結果につなげるところが。俺は尊敬してるけどな、おまえのそういうとこ」

「……なんだよ。今日の水森サンはやさしすぎて気持ち悪いな」

笑いながらほめるぼくを怪訝《けげん》そうに見て、矢萩は面食らった様子で呟く。やつがいやがっているのはわかっていたけれども、ぼくは冗談めかして何度も「すごいよ」をくりかえした。

おまえはすごいよ。ほんとにすごい。

だって、そんなすごいやつでなきゃ、俺がひとりの人間のことをいつもいつも考えているわけがないだろ？

「俺はべつにすごくなんかないよ」

ほめられることが苦手なのか、矢萩は居心地が悪そうに煙草に手を伸ばした。まるでふてくされた表情になって、吐き捨てるようにいう。

「人間てさ、基本的に食って寝てセックスしてるだけだろ。ほとんどそれだろ。俺もそんなもんだよ」

セックスと聞いて、生々しく感じたのは、このあいだ矢萩の体温を初めてからだで感じたからに違いない。こいつの口からもっとえげつない言葉がでてくるのは何度も聞いているのに。

「そんなもんかな」

「そんなもんだよ」

矢萩が煙草をとりだして口にくわえる手の動きをぼくはじっと見ていた。正確にいうなら、きれいに節くれだった指に見惚《みと》れていた。無意識のうちに、あの指が自分にふれたときのことを考えて……。

ぼくの視線を感じとったのか、矢萩は少しあわてたように言葉をつぐ。

「もちろんそれだけじゃないけど。俺もちゃんと考えてるけどさ、大事なことも。食って寝てセックスすることもどうでもよくなるくらい、大事なことが俺にもあるけど」

その大事なことって？　とはたずねられなかった。同じことを問い返されたら、ぼくははっきりと答えられる自信がない。

ぼくがやってることといえば、食って寝てセックスして——あとは仕事ぐらいか。それから、それが全部どうでもよくなるくらい大事なことは……。

「……それで、いろいろ考えることがあって、忙しかったわけだ？」

軽く流してしまうつもりではなかったけれども話を先に促すと、矢萩は拍子抜けした表情になった。そして軽く失望したかのように、苦笑いを見せる。

「そうだな。それにかまけてたら、水森のところに電話もできなかった。まあ、どうせ水森は俺からの電話がなくてせいせいしてたんだろうけど」

微妙に沈み込んだ空気をなんとかしたくて、ぼくは少しばかりおおげさに笑ってみせた。

「そんなことないよ。淋しかったよ。おまえの声がなんだか恋しくなっちゃってさ」

そこで、奇妙な沈黙が落ちた。

おい、矢萩、そこは黙り込むところじゃないだろう、とぼくは冷や汗をかいた。

はっきりと落胆した顔を見せている矢萩を前にして、ぼくは重要な芝居の台詞を間違えてしまったような気まずさに押しつぶされそうになった。

「――電話しようと思えば、できたんだ」

ふいに矢萩が静かな語調でいった。うつむきがちになって、ぼくの目を見ないまま、どこか自嘲気味に続ける。

「忙しかったけど、俺は電話しようと思ってた。でも、なんとなくかけづらくてさ。このあいだのことで、水森が怒ってるんじゃないかと思ったから」

「怒るって、俺が？　なんで？」

「なにも気にしてないのか？」

矢萩は意外そうにまばたきをしたあと、ぼくを上目遣いにじっと見上げた。

どうやって言葉をつなげていいのか迷っているように見えたし、同時にこちらの様子をうかがっているようでもあった。

ぼくはなんとか冷静な表情を保ったまま、その意味ありげな視線をまっすぐにとらえる。

「なにを？　俺が怒るようなこと、おまえはなにもしてないだろ」

「そうか」

矢萩は頷いて、ぼくから視線を外すと、わずかに唇の端を上げた。その表情は先ほどと同じようにどこか自嘲めいて見えたけれども、微妙になにかが違う。いつも泰然としている矢萩の、どこか刺々しい表情を、ぼくは長いつきあいのなかで初めて見たと思った。

「俺が弱ってる水森のこと、ぎゅって抱きしめたこと、なにも気にしてないんだ。……なんだ、そうか。それならもっとたくさん抱きしめていろいろなとこさわっておくんだった。こんな美人をさわれる機会なんてめったになかったのに」

矢萩は目を細めてとぼけたように笑う。

ぼくは黙って缶ビールを口に運んだ。隠そうとしても、唇が震える。少し意地の悪い目をしていた矢萩の表情が、ふっと和んだ。

「――ごめんな」

奇妙にはりつめた空気をとかすような、やわらかな声だった。

「俺、あのときどうかしててさ。水森が具合悪いってわかってたから、どうにか冷静になれたけど。次に会ったらどうしてしまうのかわからなくてさ。もし、水森がちょっとでも隙を見せたら……。正直、抱きしめたときはかなりやばくて、あのあとしばらくその感触が忘れられなくてさ。まいったよ」

照れくさそうに前髪をかきあげながらも、矢萩は不思議と吹っ切れたような表情をしていた。

唇が、再度震える。

謝られるとは思ってもみなかった。

俺はいまでも忘れられない。いま、この瞬間にも思いだしている。とてもそんなことをいいだせる雰囲気ではなかった。

矢萩ははにかんだ笑みを見せたまま続ける。

「前にもこんな話をしたような気がするけど、俺は自分の頭のなかで思っていることを伝えるというか、表現するのが下手なんだ。考えなしに行動して、すぐにこんなつもりじゃなかったって後悔する。でも、水森に関しては後悔したくない。それは昔からはっきりわかってたことなんだ。何度もいってきたのにな、『おまえにだけはそんな気持ちにならない』って。ごめんな、びっくりしただろう？　俺は……おまえとは、一生ずっとつきあっていきたいと思ってる。そのくらい大切だし、いい友達だって思ってるから」

そういいきる矢萩の表情は、どこか晴れ晴れしくさえあった。

あまりにも晴朗で、潔いから、ぼくはとてもじゃないけれども「それは違う」と口にできない。

それは違う。ぼくが考えていることとは違う。どういったらいいのかうまくわからないけれども。

だけど、いまさら……。

「矢萩……おまえもいつもと違っておかしいじゃないか。なんだか今日はほめ殺し大会みたいだな」

まるでつまらない冗談をいったときのようにぼくが笑うと、矢萩も笑い返した。

「そうだな」

大切な友達。一生つきあいたい？

そんなきれいな言葉で全部片付けて。

きれいすぎて、ぼくにはなにも崩せない。

矢萩にも崩せない。それがよくわかった。

「おまえさ、今日は『ずっと友達でいてくれ』って、わざわざ宣言しにきたわけ？　そんなことといいのに。最初からなにも変わってないだろう。俺も……おまえが大事だよ。なくしたくない」

たぶんぼくもいま、矢萩と同じように晴れ晴れした顔をしている。苦しい選択から逃げて、綺麗《きれい》ごとの嘘で塗り固めた、どこかむなしい晴れ晴れしさ。

ぼくの顔を見て、矢萩も鏡に映すように同じことを感じたのかもしれない。一瞬、その表情が曇る。これでよかったのか、と思案するように。

また不自然な沈黙が落ちたけれども、ぼくはもうとりつくろう必要性を感じなかった。それは矢萩も同じだったのだろう。

「明日は――木田のところに泊まるよ」

そう告げて、矢萩はまるで苦い薬を飲むようにビールをあおった。ぼくは煙草に手を伸ばして、もう一本口にくわえて火をつけた。天井に流れてゆく紫煙を眺めながら、まるで魂が抜けていくようだ、と思った。

ずっと友達で？　ずっと一生つきあっていく？
いいとも。それこそぼくが最初に望んだことだった。

なにがそれほどひっかかるのかわからないまま、ぼくは会社で落ち着かない一日を過ごした。

不安——とも違う。なにか大事なものをなくしてしまった。いや、大事なものを得る機会を失ってしまった。とにかく、このままでいいのか、という思いが絶えず胸のなかに渦巻いていて。

部屋に帰れば、矢萩は消えているだろう。今日は木田のところに泊まるといっていたのだから。それでいいのだと、昨夜は納得したはずだった。

仕事にまったく気が乗らないままデスクでパソコンを眺めていると、メールソフトが一件の受信を告げた。開いてみると、堀田からだった。

『水森さん、今晩飲みにいきませんか？』

首を横に伸ばすと、ワンブロック先のデスクに座っている堀田の背中が見えて、ぼくは顔をしかめた。

同じフロアなんだから、歩いてきてじかに話せよ。

5

まったく八つ当たりとしかいいようがないのだが、気分がむしゃくしゃしていたぼくは立ち上がり、堀田のデスクに向かった。

「いいよ、堀田。今晩つきあえよ。朝まで飲むから」

振り返った堀田は目を丸くした。

「そりゃいいですけど。水森さん、なんか積極的な……。どうしたんですか？」

それはぼくが自分自身に一番問いたかった。

どうした？　なにをしてる？　ぼくはいったいなにがしたいんだ？


その夜は早めに仕事を切り上げて飲みにいったというのに、なかなか酔えなかった。

浮かない顔をして酒をあおるぼくに、堀田は不審げに「どうしたんですか？」とくりかえす。ぼくは「どうもしないよ」と飲み続けたけれども、心の底にはアルコールではどうにも消すことのできない澱《おり》がたまっているようだった。結局、飲み足りなくて、ぼくはどうせ河岸を変えるなら部屋で飲まないかと堀田を誘った。

それまで「なにをヤケになってるんだか、この先輩は」と半ばあきれ顔だった堀田の表情が初めて心配そうなものになった。

「水森さん、ほんとにどうしたんですか？」

「だから、どうもしないよ」

正直にいうと、ひとりで部屋に帰りたくなかった。ひとりになって、矢萩のことをあれこれ考えるのがいやだった。

堀田はなにかいいたげな顔をしたけれども、黙ってぼくのアパートまでついてきた。ドアを開ける前から、ぼくは部屋の電気が消えていることに失望していた。矢萩はいない。もしかしたら、まだ残っていて、ぼくに昨日の話のやりなおしをしようというかもしれないと思っていたのに。

「矢萩さんとなにかあったんですか？」

まったく勘がいいというか、部屋で飲みはじめるなり、堀田はそんなことをたずねてきた。

「べつになにもないよ。俺とあいつはほんとになんでもないの。おまえは誤解してる」

「ほんとに？　じゃあ、俺が水森さんに迫っても全然OKなわけだ」

いつもだったらピリピリするようなやりとりのはずなのに、不思議とぼくの心は落ち着いたままだった。

「またそんなこといって。おまえは俺と矢萩があやしいと思ってるから、矢萩への対抗心で、そんなことをいってるんだろう？　わかってるんだよ」

「そんなんじゃないですよ。そりゃ、俺は矢萩さんのこと、好きですけどね。いい男だと思ってるけど」

否定するかと思っていたのに、堀田はあっさりと認めた。もともとアルコールに強くないやつは、舐《な》めるように日本酒のグラスに口をつけている。いつもは自分でセーブしているはずだが、今日はぼくが飲ませすぎたかもしれない。

「……ねえ、水森さん、もういいかげんとぼけるのナシにしませんか。俺、水森さんがなにを考えてるのか知りたいですよ」

酔っているのか、伏し目がちにたずねてくる堀田の様子は、いつになく殊勝に見えた。

「とぼけるもなにもないよ。俺は昨夜あらためて矢萩に『友達でいよう』っていわれたばかりなんだから」

「え」と言葉をなくす堀田のグラスに、ぼくは「ほら」と酒をそそぎ足した。あふれそうになるグラスを、堀田はあわてて口に運ぶ。

「ほんとですか？」

「ほんとだよ。おまえ、俺と矢萩のこと知りたかったんだろ？　知ってもおもしろいことじゃなくて、残念だったな。あいつ、いま休暇とっててさ、昨日うちにきて、その話をしていったんだ。で、今日は木田のところに泊まってるよ」

堀田は信じられないという顔をして、しばし黙り込んでしまった。それから「ひとつ訊《き》いてもいいですか」と遠慮がちにたずねてくる。堀田がこんな態度を見せることが意外だった。

もっと目を輝かして、好奇心むきだしでいろいろ詮索してくるかと思っていたのに。

「……それは矢萩さんが水森さんに告白してふられたってことですか？」

「違うよ。告白とかそんなんじゃなくて、元からそういうんじゃなかったんだ。たしかに俺と矢萩は親しいよ。おまえが期待してるような意味じゃないけど。だから、これからもそういうことはナシにしようって取り決めをしたようなものかな。まあ、そのほうがお互いに有意だって再確認したわけだ」

木田が聞いたら、「だからおまえらは頭で考えすぎなんだ」といわれそうで、ぼくは説明しながらおかしくなった。

「――それでいいんですか？」

奇妙に静かな迫力をもって、堀田はぼくに詰め寄ってきた。

「いいもなにも、矢萩がそういってるんだからさ。こういうのは相手がいなきゃどうしようもできないことだろ。ひとりで頑張ってもさ」

「どうしてひとりで頑張れないんですか？」

「どうしてって……」

差し向かいに座っていた堀田が、膝をついたまま隣に移動してきた。からだをすぐそばまで寄せられて、ぼくは思わず後退する。グラスを片手に迫ってくる堀田の顔――明らかに目がすわっている。

「ちょ、ちょっと……堀田？」

グラスが床に落ちて、音をたてて割れる。ガラスの破片が危ないので拾おうと手を伸ばした途端、手首をがっしりとつかまれた。

「そんなのズルイですよ。俺……俺は、水森さんに相手にされなくたって、こんなに頑張ってるじゃないですか。矢萩さんだって、そうですよ。ずっと頑張ってきたじゃないですか。水森さん、ズルイですよ。俺たちをこんなに振り回して」

「な……なにいってるんだよ、おまえ。なにがズルイんだよ。なにが振り回してるだ。おまえ、酔ってるだろう？」

「酔ってないですよ。なんかこんなのむなしいですよ。矢萩さん、かわいそうじゃないですか」

「なにがかわいそうだ。あいつのほうから『ずっと友達で』っていってきたんだぞ。それにだいたい、おまえ、どっちの味方なんだ」

「それは……」

堀田は返事に詰まってうつろな目をしたかと思うと、握っているぼくの手首をひねるようにぐいっと力を入れた。上背のあるやつにかなうわけもなく、ぼくはそのまま床に押し倒される。

「おまえ、危ない。グラスが割れてるんだぞ。破片……」

「——俺は、矢萩さんの味方で、好きなのは水森さんですっ」

堀田はぼくの上になって、まるでなにかの宣言でも読み上げるようにきっぱりといった。

……酔ってる、こいつ。

「わかった。わかったから、どけよ。ほら、グラスを片付けなきゃ……」

「わかってないですよ。俺、水森さんが好きだっていってるんですよ。どくわけがないじゃないですか。俺……矢萩さんへの対抗心だけで、こんなことをいってるんじゃないですよ。たしかに最初はそういうところもあったけど、水森さんと知り合ってもう何年になると思ってるんですか。俺、そんなにヒマじゃないですよ」

ここでなにか不埒《ふらち》な行動でも起こされれば、ぼくはやつの後頭部を酒瓶《さかびん》で殴りつけるだけの覚悟はあったのだが、堀田はなにもせずにただぼくの上でじっとしているだけだった。

図体だけはでかいけれども、駄々をこねている子供にしがみつかれている気分になって、ぼくは途方に暮れる。

「……俺に、どうしろっていうんだよ」

「キスしてください。そうしたら、あきらめるから」

「——駄目だ」

即答するぼくの顔を、堀田は恨みがましく見た。

「おふざけでもいいんですよ。俺、矢萩さんとも酔っ払ってしたっていったじゃないです

か」

「駄目だ。俺はできないよ」

堀田はしばらくぼくの顔をじっと見つめていたが、やがておかしそうに笑いだして、ぼくの上から退く。

「……まいったな。即答だもんな。水森さん、少しも悩んでくれないんですもんね。判断が早いっていうか」

「悩んでないわけじゃない」

「わかってますよ。どうせ時間をかけて悩んでも、同じ答えをだされるでしょうからね」

堀田は苦笑しながらだるそうに頭を振った。

「ショックで酔いも醒めたな」と呟いて、床に散らばっているグラスの破片をのろのろと片付けはじめる。

「……でも、生意気いって悪いけど、さすがの水森さんも、矢萩さんとのこと、今回のその判断は間違ってますよ。水森さん、ひとりで頑張ってもしようがないっていうけど、いままで矢萩さんはひとりで頑張ってきたんだから、一度くらい水森さんのほうが必死になったっていいじゃないですか」

一方的に責められて、さすがに割に合わないと思った。

「だから、あいつのほうが『友達で』っていってきたんだよ。それに、だいたいあいつがな

に を頑張ってきたっていうんだ」

床の片付けをしながら、堀田はなにか考え込んでいるような硬い表情を浮かべていた。やがておもむろに口を開く。

「矢萩さん、頑張ってるじゃないですか。あのひと、水森さんのこと好きですよ。べつに水森さんのこと、どうこうしようって下心があるわけじゃない。俺みたいに水森さんにキスしてもらおうとか、なにかしてもらおうって望んでるわけじゃない。ただ水森さんのことがずっと好きなんだ」

怒ったように睨みつけてくる堀田を、ぼくは茫然と見つめた。

「ほんとに好きなだけなんですよ。そんなふうに……普通、なんの見返りもなく、ひとのこと好きでいられるわけないじゃないですか。そばにいるの、頑張りでもしなきゃ、つらいだけじゃないですか」

その言葉は、思いもかけなくぼくの胸を打つ。いつも見て見ぬふりをしていたものを、真正面から突きつけられたような気がして。

堀田は決まりが悪そうにぼくから目をそらすと、集めたガラスの破片をゴミ箱に捨てにいった。冷蔵庫から酔い醒ましのミネラルウォーターのボトルをもってきて、再びぼくのそばに座る。

「俺ね、さっきは矢萩さんの味方だっていったけど、やっぱりあのひとばっかりがなにもかもうまくいくのって悔しいと思うし……複雑ですよ。だけど、矢萩さんと水森さんがいつまでもそうやって微妙な関係のままでいられたら、そばにいるこっちはたまらないですよ。さっさとくっついてくれなきゃ、こっちは邪念を抱いてしようがないんだから。見てられないんですよ」

堀田は木田と同じように「見てられない」という。こいつにまで、ぼくは心配されているということか。

「あ、なに笑ってるんですか。水森さん、ひどいなあ」

顔がゆがみそうになるのを我慢したら、笑うしかなくなってしまった。

「いいや、おまえがさ……いい後輩だと思って」

「いい後輩か。相変わらずキツイ言葉でしめくくりますね」

堀田はしかめっ面になって、グラスに注いだ水を一気に飲む。そしてわずかに笑みを見せると、上着を手にとって立ち上がった。

「ふられた野郎はさっさと退散しますけど……矢萩さん、木田さんのところにいるんですよね？　早く電話でもして、呼び戻したほうがいいですよ」

「――わかってる」

ぼくは頷くと、堀田にならって勢いをつけるように水を一杯飲んでから腰を上げた。

「俺もおまえと一緒に出るよ。俺のほうから矢萩のところに行くから」

まだ電車は走っていたけれども、乗る気分ではなかった。

線路沿いの道をゆっくりと歩く。木田のところにつくまでにどのくらいかかるのかわからなかったけれども、心の準備をする時間が欲しかった。

早く矢萩に会いたい。

だけど、いまさら急ぐこともない。今度こそ、自分の心を整理して、確実にやつに伝えなければ――そんなふうに考えると、時間はいくらあってもたりないような気がして。

なにをいおう。どう伝えよう。

（おまえだけは好きにならない）

その一言を、ぼくはいい逃げ道の口実にしていた。ほんとうはその一言よりも、もっと多くのものを矢萩から伝えられていたというのに。

なによりも、ぼく自身の心がいつだって矢萩のほうを向いていたのに、ずっと見て見ぬふりをしていた。そのままやりすごして、無難に友達でいるほうがいいに決まっている。そんなふうに思っていた。

けれども、いつだって、なんに対しても、そんなことのくりかえしばっかりで、いいかげんうんざりしていて。

毎日それなりに忙しくて、追われるように時間が流れていって、いったいなにをやってるんだろう、と振り返るひまもなく思うこともしばしばで。知りたくないことは知らないままに逃げてしまうことも多くて。

それでも——。

食って寝てたまにセックスしている。たしかに突き詰めれば、ぼくのやってることなんてそれだけなのかもしれないけれども。

人並みに仕事の成果に一喜一憂したりして、ときには世情を憂いてみたりもして、周りにいる人間を好きだったり嫌いだったりしてつきあいながら。

そしていつも——考えている。

ふっと気がつくと、「あいつはどうしてるんだろう」と考えている。

矢萩のことを考えている。

これが友情なのか愛情なのかなんて論じても、正しい答えなんてでないような気がするけれども、たしかなことはぼくの耳のなかにはやつの声がはりついていて、一度ふれただけのぬくもりが忘れられなくて。

だから……。

頬にぽつりと雨が当たった。梅雨時の気まぐれな雨は静かに降りだしてきて、線路沿いに咲いている紫陽花《あじさい》をしっとりと濡らす。

深夜の住宅街は車も人の通りもまばらで、時折走り去る電車の音と雨音以外はなにも聞こえない。

ふいに上着のポケットに入れていた携帯が鳴った。矢萩からだった。

『水森、いまどこにいる？』

どうしていま、矢萩が電話をかけてきて、こんなことをたずねるのか——ぼくはキツネにつままれた気分だった。

「どこって……いま外だけど」

『だから、どこだ。すぐ行くから。実はもう木田の車を借りて外に出てるんだ。どこらへんか教えてくれれば、すぐ行けるから』

それはかなり切羽詰まった声だった。

ぼくが行こうとしていたのに、どうしておまえがくる？

ぼくは矢萩の勢いに気圧《けお》されるあまり、その疑問を口にすることができず、線路沿いを歩いていること、それから電柱についている地番と、すぐそばに踏切があることを伝えた。

しばらくして、踏切と交差している道路に見覚えのある車があらわれた。車は右折して、狭い線路沿いの道に少しだけ入ってきて止まった。ヘッドライトが眩《まぶ》しくて、ぼくは立ち止まった。矢萩が運転席から駆けだしてくる。

「水森……！」

なにをいおうとか、どういう顔をしようとか——考えていたことは、その刹那《せつな》、ぼくの頭からきれいさっぱり吹き飛んでしまって。

反射的にからだが動いた。ぼくはまるで体当たりでもするかのように矢萩に抱きついた。

矢萩はとまどい気味にいったん身を引きかけたけれども、しっかりとぼくの背中に腕を回してきた。

「水森、大丈夫か？　なにされた？」

必死の形相《ぎょうそう》で問う矢萩を、ぼくはわけがわからずに見上げた。

「え……なにされたって？」

「堀田が電話してきたんだ。酔っ払ったはずみで、水森に変な真似《まね》をしてしまったって。おまえがショックを受けて、木田のうちに行くってフラフラ出ていったって……雨も降ってきて心配だから、探しに行ってくれって」

あいつめ——堀田が舌をだしている様子が目に浮かんでくるようだった。最後の最後まで生意気なことをしやがって。

「おい、どうしたんだよ。なにされたんだ？」

からだの力が一気に抜けて、笑いが洩れた。その様子を自棄になっているとでも思ったのか、矢萩は心配そうにぼくの肩を揺さぶる。その力があまりにも強いので、ぼくはふっと意識が遠くなりそうだった。肩に食い込む指——このままずっとこの力強い手に揺さぶられていたくて。

「……なんでそんなにムキになる？」

ぼくの問いに、矢萩はハッとしたように動きを止めた。

「俺が堀田になにをされたのか、そんなに心配？」

「——あたりまえだろ」

矢萩はそっけなく答えると、うろたえたようにぼくから目をそらした。

「なんで心配？　友達だから？　後輩に迫られて、困ったことになってる友達を心配してくれてるわけか。それとも——俺が堀田になにをされたのか、ただ気になって気になってしょうがない？」

「——無事なら……それでいいんだ」

矢萩はぼくの目を見ないまま、肩から手を離した。そして、そのまま踵《きびす》を返して車のほうに歩きだす。その後ろ姿を見ていたら、たまらなくこみ上げてくるものがあって、言葉など選んでいられなくなった。

「なんでおまえは俺のことをそんなに気にするのかな。そんなに血相変えて、どうして俺のところにやってくるんだよ」

ぼくが問いかけても、矢萩は立ち止まらない。

小雨だった雨の降りが激しくなってきた。さすがにからだは冷えきっていたけれども、心の底からどうしようもなく熱いものがあふれだす。

「俺は……いやだからな」

矢萩の背中に向かって、ぼくは唸るようにいった。

「俺はおまえとは友達だけど、友達だけで終わるなんていやだからな。そんなのは絶対にいやだからな。おまえひとりで勝手に納得されたって、こっちは納得いかない……！」

矢萩がようやく足を止めて振り返った。

雨音のなか、かすかに前方から踏切の遮断機が降りる音が聞こえてくる。ぼくは固唾《かたず》を呑んで見守っていたけれども、矢萩はわずかに目を見開いてこちらを見たまま、動こうとしない。急行電車が音をたてて、すぐ脇にある柵の向こうを走り抜けてゆく。

車体が去るさいに巻き起こる風が、雨音さえをもさらっていく。まるで追い風のように、ぼくの気持ちを押しだす。目の前の男へと――。

「いえよ！　なにか！」

電車の走る音にかき消されてしまわないように、ぼくはありったけの声を絞りだして叫んだ。

これがぼくの声か、と思う。冷静だとみんなにいわれて、自分自身もその気になっていたというのに、このみっともなく裏返っている声が、ぼくの声なのか。

「いえよ。俺にいうことがあるはずだろ？　なんでなにもいわないままで勝手に決着つけようとするんだよ。おまえの考えてること、いってみてくれよ。なにか俺にいうことがあるはずだろ？　俺にはおまえがわからないよ。どうしてなんだ？　俺なんかより、よっぽど普段は口が達者なくせして、妙な屁理屈だけはいうくせに、どうして俺になにもいわないんだよ？　おまえは俺のこと、ほんとはどう思ってるんだ？　きれいごとなんか聞きたくない。俺はおまえにとって、知らんふりして気持ちを隠して、そのままやりすごせるような存在なのか……！」

なにかに打たれたように、矢萩の肩がわずかに動いた。そして、どこか途方に暮れたようにぼくを見つめる。その目はたしかにぼくに向けられているのに、まるで遥《はる》か彼方《かなた》を眺めているように見えた。

「――友達だったら、いいと思ったんだ」

矢萩は苦笑して、一言一言を嚙みしめるように、ゆっくりと言葉を押しだす。

「友達だったら、ずっと続くと思ってた。壊れることもないって。俺は……水森のことをお守りみたいに思ってた。最初から、おまえは俺にとって特別な存在だよ。ほかのやつがどうでもいいってわけじゃないけど、おまえだけは大切にしよう、なくさないようにしようってずっと考えてた。だから、友達とかそれ以上とか、そんなことはどうでもいい。ずっとつきあっていけるなら、俺はそれでいいんだ。ほかにはなにも望んでいない」

「ほんとに？　……それでいい？」

そうだ、と頷かれたら、もう返す言葉がないような気がした。矢萩のいっていることは首尾一貫している。崩せない。

「ほんとにそれでいいのか。おまえは俺のこと……？」

再度問うと、矢萩は少し困った顔つきになった。ぼくがさらに一歩近づくと、わずかに目をそらす。

「矢萩……？」

ようやく視線を合わせた矢萩は、ふいに表情をくしゃっと歪《ゆが》ませた。

「──だめだ」

まるで睨みつけるような険しい表情。そうしなければ、自分が保てなくなるというように。

「おまえになにかいったら、俺は──ここが、つぶれてしまう」

矢萩は震える手で、自分の胸を指し示した。

「これ以上、意地の悪いことをいわないでくれよ、水森。俺は……おまえのこと、お守りみたいに思ってるっていっただろ？　だから、なくさないようにしようって、俺は……決めてたんだ。ほかのやつならいい。だけど、おまえだけは駄目だ。代わりがきかないから」

絞りだされた声は、いまにも消え入りそうにかすれていた。雨で濡れているせいでわからないけれども、ぼくは矢萩が泣いているのではないかと思った。

その瞬間、雨音も、踏み切りの警告音も、なにもかもが遠くなった。矢萩とぼくが対峙《たいじ》している空間だけが切り取られてしまったようにそこに在《あ》った。互いの息遣いが、やけに大きく聞こえる。

「……俺だけは？」

「そう、おまえだけは――」

そこで矢萩はうなだれた。もしかしたらその場に崩れ落ちてしまうのではないかと思った瞬間に、矢萩はつんのめるように前に進みでてきて、ぼくを抱きしめた。

熱い。そう思っていた自分のからだよりも、もっと熱いものにさらわれて、頭のなかが焼き切れたように真っ白になる。

「水森――」

最初壊れものを扱うかのように震えていた腕が、ぼくのからだにしっかりと巻きついて、びくともしなくなる。ぼくは矢萩の腕のなかで、しばし息をすることすら忘れていた。鼻の奥がつんと痛くなる。

おまえだけは。昔から何度もくりかえされてきた言葉のほんとうの意味……。

「矢萩、おまえ……自分の頭のなかで考えてることを伝えるのが下手だっていったけど、そんなことないよ。俺にはちゃんと伝わってる……。『おまえだけは好きにならない』って、俺だけが好きだってことなんだろ？」

ぼくは頬に熱いものが流れるのを感じながら、矢萩の顔を覗き込んだ。

「白状しろよ。いいかげんに俺が好きだって」

矢萩はぼくと目を合わせるのを恐れているように、伏し目がちになったまま、なにも答えない。

「いいよ。おまえが口説かないなら、俺がおまえを口説くよ。――おまえが好きだ」

信じられないことを聞いたというように、矢萩の目が大きく見開く。まっすぐにぼくを見つめる瞳の色が揺らぎ、再びなにかいいかけて、思いなおしたように開いた口を閉じる。そして思いのたけを直接ぼくのなかに吹き込もうとするかのように、震える唇でぼくの口をふさいだ。

唇は冷たいのに、その口腔はとろけてしまいそうに熱くて。

そのときになって、再び外界の音が耳に入ってきた。

一段と激しくなった雨がアスファルトを叩く。くちづけして抱きあったまま、ぼくと矢萩は動くことができなかった。動きたくなかった。できれば、このままふたりして雨にとかされてしまいたくて。

ようやく唇が離れて、矢萩はぼくの耳もとにたった一言を告げる。

――愛してる、と。

アパートに帰りつくまでの車中では、ぼくも矢萩も無言だった。

少しでも音をたてたら、ふたりのあいだに生まれたなにかが崩れてしまいそうで、なにもいえなかった。

その不思議に密度の濃い空気は、まるで導火線に火がついた爆弾を大切に抱えているような緊張感があって、ぼくは何度も気が遠くなりそうになった。

部屋に入ると、雨に濡れたからだをもてあましたまま、どうしていいのかわからなくて立ちつくす。冷えたからだに濡れたワイシャツが貼り付いていて、こうしているあいだにも容《よう》赦《しゃ》なく体温を奪っていく。

「水森、シャツを脱いだほうがいい。風邪をひく」

矢萩が勝手知ったる様子でタオルを出してきてくれたので、ぼくは「ありがとう」と礼をいって受けとった。

言葉を交わしたことで、少しだけ緊張がとけた。雨を吸った上着を脱いで、タオルでからだをぬぐう。矢萩は上半身裸になって拭いていたが、ぼくはその場でシャツを脱ぐことができなかった。

意識しすぎだとわかっている。

先ほどはぼくのほうから詰め寄って「好きだ」といったくせに、明るい部屋のなかでいざ向かいあってみると、ぼくは矢萩をまっすぐに見ることすらできなかった。

心臓の鼓動がありえないほど高鳴る。

ようやくネクタイをとって、ワイシャツのボタンに手をかけたとき、矢萩の視線を感じた。横目をちらりと向けると、薄笑いを浮かべている顔と目が合った。

「な……なんだよ」

「脱げないなら、手を貸そうか。なんだか怖がってるみたいだから」

いつものように揶揄されただけで、ぼくは頬がカッと燃えるように熱くなってしまい、うつむいた。

普段通りに振る舞って、「ふざけるな」とやりかえせばいい。それなのに……。

「水森?」

矢萩が近づいてきて、ぼくの肩にそっと手をおいた瞬間、からだの一番深いところに電気が走ったみたいな衝撃を受けた。

「……なんでもない。ちょっとぼーっとしていて……」

うずくまってしまいそうだと思いながら、ぼんやりと頭を振っていると、矢萩が近づいてきた。

「水森……?　平気か?」

気遣うように顔を覗き込まれて、火照《ほて》って真っ赤になっているであろう頬を隠せなくなった。

まるでその熱が伝染したみたいに、矢萩が息を詰めるのがわかった。

静かに焦がれるような目に射抜かれて、ぼくは動くことができない。

矢萩の手がそっと伸びてきて、ぼくの頬や耳もと、顎の線や首すじにふれた。それはあまりにもひそやかな動きだった。少しずつ、これ以上ふれてもいいのだろうか、と確認するみたいにして。

動きは静かなのに、まるで見えない小さな火花が散らされるようにして、その指先が動くたび、ぼくのなかで音もなく甘やかなものがはじけ、広がっていく。

矢萩はぼくの髪の毛を指にからませてかきあげると、少し笑った。

「——びしょ濡れだな」

「……おまえだって」

やっとのことで言葉を返したら、ようやく呼吸が楽にできるようになった。

からだがどうしようもなく熱くなってしまっていることを、いまさら隠してもしようがない。

突き上げてくる熱を解放するようして、ぼくはゆっくりと息を吐く。

まともに目が合うと、矢萩はどこか苦しげにぼくを見つめた。

伝わってくるのは、熱っぽく、切実で、いとしいような飢餓感。

鏡を見れば、ぼくもおそらく同じような顔をしているに違いなかった。もどかしげな接触よりも、もっとはっきりとした刺激が欲しくて。

もう濡れたからだを拭くことなど考えなかった。ぼくと矢萩はどちらからともなく互いのからだに腕を這《は》わして、抱きあい、唇を吸いあう。

それは雨に濡れて冷えきっていることなど忘れてしまうほど熱くて、眩暈を覚えて立っていられないほどに激しくて。

「……矢萩」

切れ切れの声で名前を呼ぶと、それに答えるかのように、矢萩は深く唇をかさねてくる。濡れたシャツが肌にはりついて、奇妙な熱をもっていた。抱きしめられて引きずられるような格好で、ぼくはベッドの上に放り投げられた。

息つくひまもなく、矢萩はぼくの上におおいかぶさってきて、ハアと荒い息を吐きながら首すじにキスをする。手際よくぼくのシャツのボタンを外すと、雨を吸った布地を腕から引き抜く。濡れて色の変わったズボンも同じようにして脱がせる。

「や……ちょっと……」

反射的に逃げようとするたび、矢萩はぼくの頰を両手でつつみこんで押さえつけ、顎がだるくなるほどのキスを浴びせる。口のなかがとろけると同時に、頭のなかまでもとけて、なにも考えられなくなった。

ぼくもだいぶ昂《たか》ぶっていたけれども、矢萩もそれ以上に興奮していて、少し怖いぐらいだった。何度も唇を合わせるうちに、その過剰な熱がぼくにも伝染してきて、ふくれあがってゆく。

キスだけで息を荒くしてぐったりとなるぼくから身を離して、矢萩は自身の着ているものを手早く脱いだ。

こんなふうな体勢で、矢萩の裸身を見上げるのは初めてだった。ぼくのからだも同じように見られているのだと思うと、いまさらのように羞恥《しゅうち》に頬が火照る。

さすがにじろじろ見たことはないけれども、いままで一緒に旅行をしたこともあるし、温泉に入ったこともあるというのに、ぼくはこうして矢萩と裸でいることが恥ずかしくてたまらなくなった。

「で、電気……」

「いいよ」

からだを起こして照明を消そうと手を伸ばすと、矢萩が後ろから抱きしめて引き戻す。

再び手を伸ばそうとしたけれども、がっちりと後ろから捕らえられ、耳もとに唇を押しつけられた。

「消さなくていい。全部見たい。水森のからだ。きれいなところ……全部」

「……きれいなんかじゃ……」

言葉が途切れたのは、後ろから回された矢萩の手がぼくの胸をなでさすり、敏感な突起をとらえたからだ。長い指が器用に動いて、やわらかいそれをつまみ、押しつぶす。

「あ……やっ……」

ビクンと震えて声をあげると、矢萩はぼくの顎をとらえて振り向かせ、あえぎを唇で吸いとる。

「見たいんだ……。旅行のときとか、着替えるときとかも、これでも水森のことジロジロ見ないように必死で我慢してたんだから。見せて……」

「や……馬鹿」

下のほうに伸びてきた手が、布越しに硬くなりかけたそれを揉《も》みしだく。

ぼくが身をよじるたびに、その指に力が込められて、敏感な部分を刺激する。やがて下着のなかに手を入れられて、じかに握られる。

「——いい?」

耳もとにゾクリとくる息が吹き込まれる。

焦らすように強弱をつけたり、感じやすい部分からそらされる指。

「あ……もう……」

ぼくのものは熱く息づき、濡れて、限界を訴える。

矢萩はぼくのからだの向きを変えて、正面から向き合う格好をとらせてから、頭をさげていって、下腹に顔をうずめた。

「や――」

くぐもったような息遣いがあまりにも生々しい。

ぼくのものを口にふくみながら、矢萩は腰を浮かせて、指でその狭間《はざま》をさぐる。続けて、信じられないところまで舐められて、ぼくは必死に足をばたつかせる。だが、逃れようとしても、腰をしっかりと押さえつけられて――。

「やめろ……もういい。いいったら……あっ」

舌で湿らされた狭間の、固く閉じている部分に指が滑り込まされる。

最初は違和感があったけれども、内部に入り込んだ指が、感じるところをさぐりあて、刺激する。

矢萩の指に踊らされるようにして、ぼくの腰はビクビクと跳ねた。

「や、もう……なんとかしてくれ」

「いいよ。出して」

再びぼくのものを舐めながら、矢萩は射精を促す。ぼくは泣きそうになった。

「やだ……や」

「出して。全部俺のだから」

こらえるのも限界で、ぼくはかなりみっともない姿をさらしながら、矢萩の口のなかに放った。

荒い息を吐いてぐったりしていると、口許をぬぐっている矢萩と目が合った。どうにも恥ずかしくて、ぼくは目をそらしながら「信じられない」と呟いた。

矢萩は苦笑する。

「俺がそういうやつだって、水森はよく知ってるかと思ったけど」

「知ってたって……こんな、こんな……」

「――いや？」

「……いまさらなにいってるんだよ」

「いやなら、やめるよ。水森に嫌われるようなことはなにひとつしたくないから」

矢萩はゆっくりとぼくの上におおいかぶさり、耳もとにキスをする。

「いや？」

たずねながら、矢萩はぼくのからだを執拗にゆっくりとなでる。まるでぼくの肌の感触をすべてたしかめて、手のひらの記憶に残そうとでもしているみたいに。

そのやさしく、吸いついてくるような手の動きに抗《あらが》うことができない。

「いや……じゃない」

「――よかった」

矢萩はためいきまじりの笑いを浮かべ、ぼくの肩に唇を這わせる。

「いやだっていわれたら、どうしようかと思った。いやならやめるっていったけど、正直なところ、俺はもう我慢できないよ。……水森が欲しい」

先ほどから当たっている矢萩のものが、焦れたように太ももにこすりつけられる。なにを求められているのかわかっていたけれども……。

「怖い？　いや？」

矢萩は顔を隠そうとするぼくの手を押し退け、目を覗き込もうとした。とまどいと興奮で、たぶんぼくは泣きそうになっていたに違いない。

「いやじゃないってわかってるんだろ……」

矢萩は満足そうにぼくの鼻先にキスをすると、足を押し開く。

「あ……」

「見せて。全部……いつもとりすましてる水森もいいけどさ……こういうところも、見たい」

なにをいっても羞恥が倍増するだけなので、ぼくは目をつむり、皮膚感覚だけに身をゆだねる。

狭い場所に差し入れた指をゆっくりと動かされて、その刺激がぼくの腰をいやらしく揺らす。

ほぐされた部分が、熱く疼いている。経験したことのない行為のはずなのに、欲しくてたまらない。

矢萩が――欲しくて。

「あ……や、はぎ……」

からだのなかに矢萩が入ってきた瞬間、ぼくは泣きそうな声を上げた。

「平気……？」

一気には入り切らなくて、矢萩は徐々にぼくのなかにからだを進めていく。

熱い大きなものを埋《うず》められて、中からじわじわととろけていく。

矢萩は唇から苦しそうな息を吐いて、ぼくを見つめる。

「ほんとは……そばにいるだけでもよかった。だけど、水森が俺を受け入れてくれるなら、俺は水森を全部俺のものにする。もう離さない」

いつだって曖昧で、「友達でいよう」という態度を崩そうとしなかった矢萩。

その矢萩の、ぼくに対する執着をこんなふうにはっきりと言葉にして知らされたのは初めてだった。

「全部、俺のものだから。このからだも、心も……全部。髪の毛一本でもほかのやつには渡さない。それでも……いい？」

いい……と答えたけれども、声にならない。ただ乱れた息が洩れてしまうだけで。

いったん入り込んだ熱が、引きだされて、またさらに深いところまで埋められる。

突き上げられる痛みは、巧みにこすりあげられる刺激で打ち消されて、甘い疼きだけが全身に広がっていく。

これほど自分は情熱的な人間だったのだろうかと不思議に思ってしまうほど、ぼくは矢萩の首すじに夢中になってしがみつく。

そっちが全部自分のものだっていうのなら、おまえだって全部ぼくのものだ――そんなふうにいってやりたくて。

矢萩は息を乱しながら、ぼくの腰をかかえあげて、何度も熱い欲望を埋め込んだ。

「水森――」

眉間を寄せて、激しく腰を振り立てられる。内奥に熱く濡れた感触が広がった瞬間、ぼくも腰を震わせながら達した。倒れ込んできた矢萩の肩に、噛みつくようなキスをする。

「水森……水森だけだ、俺の……」

ぼくも――矢萩だけだ。こんなふうに気持ちが激しく、せつなく揺れるのは。

抱きあっているうちに余韻も冷めやらぬままに求められて、ぼくは何度目かの律動に揺さぶられているうちに意識を手放した。

翌朝。目を覚ますと、時計は始業時間の十分前を指していた。

あわてて飛び起きかけたものの、からだがどうしようもなくしんどくて、ぼくはすみやかに病欠の連絡をすることを選んだ。

昨夜は何度も抱きあった。いったんおさまっても、肌をふれあわせているうちにすぐまた疼いてきて。どうしようもないくらいにブレーキがきかなくて。

いい歳をしてかなり情けなかったけれども、少し前まで残業続きで忙しかったんだし、たまには休息も必要だ、と自分をむりやり納得させる。

そっとベッドを抜けだして会社に連絡をしてから戻ると、矢萩が目を覚ましてこちらを見ていた。寝ぼけた様子はまるでなく、いま起きたとは思えないほどの、はっきりとした表情だった。

「——休んだんだ？」

朝になったら矢萩に対してどういう顔をしたらいいのだろうと少しばかり悩んでいたというのに、その唇に浮かんでいる含み笑いを見た瞬間、ぼくの対応は自然と決まってしまった。

「休んだよ」

「……からだ、しんどい？」

笑いをにじませたまま、矢萩はぼくの顔をうかがうように見る。

妙に気遣っている様子がよけいにいやらしくて、ぼくは眉間にしわを寄せる。

「誰のせいだと思ってるんだ」

「俺もしんどいよ。ずいぶん頑張ったからな」

唇の端を上げる矢萩の顔に、ぼくは「だまれ」と上掛けをかぶせてやった。昨夜の残像がちらりと脳裏をよぎって、さすがに少し頬が熱くなる。

矢萩はすぐに上掛けをはずして、懲りない笑顔を覗かせる。

「水森がきれいだからさ。美人相手だと、ふだんよりも当社比三倍くらいで熱くなるんだよね」

「ふざけるなよ」

「だから、それはもう承知のはずでしょうって。俺と何年つきあってるんだっけ。水森サンは」

悪戯《いたずら》っぽい流し目をよこされて、ぼくはとっさに返す言葉が浮かばず、今度は枕を思いきりぶつけてやった。それを受け止めたままベッドに突っ伏して、矢萩はおかしそうに肩を震わせる。

腹立たしいことに、ぼくも自然と笑みがこぼれてきてしまう。なんとなくほっとしてしまうような、気が抜けてしまうような。

甘い余韻《よいん》はどこにもない。

昨夜はあれほど真剣に気持ちを告白して、あれほど熱く抱きあったというのに。気がつけば、普段と変わらない軽口と憎まれ口の応酬になっている。

もしかしたら照れて顔も見られないのでは、などと思っていたのに。

なにも変わらない。セックスをしてもしなくても、ぼくと矢萩の仲はそれほど変わらない。

それがなくてもいいという意味ではなくて。

抱きあっても抱きあわなくても、そばにいても離れていても、ぼくは矢萩のことを考えている。それはなにも変わらない。

「——水森」

矢萩がまだおかしそうに肩を震わせたまま顔をあげたので、ぼくはゆるんでいた表情をさっと引きしめた。けれども、少し遅かったかもしれない。矢萩はなにもかもお見通しといった顔つきをして、甘えたような仕草でぼくの腕をつつく。

「そんなに怒らないでさ、もう一眠りしようよ」

ぼくはむくれたふりをしたまま、矢萩に背を向けてベッドに身を横たえる。ちらりと後ろを見ると、矢萩はぼくのぶつけた枕を抱えてすでに目を閉じていた。

やはり寝足りないのかと、ぼくも目を閉じようとしたそのとき、眠っていると思った矢萩がふいに後ろから抱きしめてきた。

「なんだよ」

振り返ると、矢萩は目を閉じたまま笑っていた。それがあまりにも幸福そうな笑みだったので、ぼくは思わずやつの唇を引っぱる。

「——こら、なに笑っているんだよ」

矢萩はなおも笑いながら「痛い痛い」とぼくの指をはずすと、その指に自分の指をからめた。

「考えてた」

「なにを？」

「水森のことを考えてた、ずっと。だけど……こんなふうになれるとは思ってなかった。夢じゃないのかな」

最後の一言にふいに胸を突かれて、心の底からあふれだすものがある。

甘い余韻などなくても、それはなんの前触れもなく広がって、ぼくの全身をあたたかく満たす。

気づかぬふりをしたまま終わらせられなかった想い。あきらめてしまうことが多いなかで、これだけは手にいれておきたかった——ただひとつのもの。

ぼくはからめた矢萩の指にぎゅっと力を込めた。

「——夢じゃない」

ぼくもずっと考えていた。

雑多な日常に追われながら、いつも意識の底に消えずにあったもの。いつしか耳にはりついて消えないメロディのように、ずっとくりかえし流れていたもの。

それはやさしく、ゆっくりと、けれども確実にぼくの心を揺らし、躍らせて。

ぼくの頭のなかにくりかえし流れている、この想いの音を聞かせてやりたい。

ずっと心のどこかで考えていた。

矢萩のことをこんなふうに幸福な気持ちで見つめる日のことを。

ぼくはゆっくりと顔を近づけて、矢萩の唇にキスをした。

愛してる、と聞こえるか聞こえないかの小声で囁《ささや》くと、聞こえたのか、矢萩は再びとろけそうな笑みを見せた。

ずっとずっと考えていた。そして、いまも考えている。

愛してる——なんていう一言ではとても足りなくて。

ぼくは、おまえのことをずっと考えている。

スローリズム 2

1

『やっぱり住むなら、陽当《ひ》たりが一番だよな。コンビニが近くにあるのも欠かせない。それからレンタルビデオ屋と本屋。ひとりでふらりと夕食をとれる定食屋や居酒屋が駅からの帰り道にあること。あと、少なくとも学生のときに暮らしたところよりは広い間取りで、ユニットバスじゃないところ』

電話の向こうで、矢萩《やはぎ》は次々と「部屋探しの条件」をあげつらった。

時刻は深夜0時を過ぎたところ——ぼくはちょうど風呂からあがってきて、まだ濡れた髪にバスタオルをひっかけたまま、受話器から聞こえてくる低い声に耳をかたむける。

ずっと会社の寮を転々としていた男の部屋探しは、これから初の一人暮らしをはじめる若人よりも夢と希望に満ちている。

学生の頃と同じユニットバス、備え付けの冷蔵庫があるワンルームにいまだに住み続けているぼくは、わずかにひくついた笑いを浮かべた。

「いま現在、車がなきゃなにも行動できない辺鄙《へんぴ》な場所に住んでるやつにしては、ずいぶん贅沢《ぜいたく》なことというじゃないか。学生のときと同じアパートにずっと住み続けてる、俺への嫌味か?」

『水森《みずもり》の部屋って、学生専用とか、年齢制限ないんだっけ? 女子学生が住んでそうな雰囲気の、可愛い外見のアパートだよな』

矢萩が皮肉をいうのも無理はない。

ぼくがいまだに住んでいるのは、大学生になるとき、母と不動産屋を営んでいる叔母が決めた部屋だった。

白い木造二階建で、ベランダの柵がちょっとアンティーク風なうえに角部屋には洒落《しゃれ》た出窓がある。女性専用とうたっているわけではないが、大家は部屋をきれいに使ってくれるからという理由で、女性を優先して店子《たなこ》に選ぶようにしている。仲介を頼んでいる叔母の紹介で、ぼくは入居することができたのだ。

母親が決めた部屋にずっと住んでいるというのも情けないが、アパート自体はともかく、周りの環境は抜群だった。駅から徒歩十分圏内だし、コンビニもすぐ目の前、おまけに図書館と公園が近くにある。

そして住み続けている一番の理由は、ぼくがあまり居住空間を整えるのに時間と労力を使う人間ではないこと。要するに、引っ越すのが面倒くさいのだ。

「年齢制限なんてない。いいんだよ。俺はここが気に入ってるの。下手《へた》なとこ選んで、いまより悪い環境だったらどうするんだ」

『そりゃ、そのアパート、女性が多いもんな。それ以上の環境もないだろうって。俺にはその良さがよくわからないけど。いままで彼女を連れ込んだって、「いやーん、かわいいアパート。水森さんらしい」ってきっと好評だったんだろうしな』

笑いを含んだ声でからかわれて、ぼくは眉《まゆ》をひそめた。以前ならともかく、いまはさすがにそんなことをいわれるのはカチンとくる。

「――切るぞ」

『あ、待て待て。冗談』

引き止められて、渋々受話器を握りしめ直す。

ぼくの過去の彼女のことを軽口のようにいう矢萩の心理がいまいちよくわからない。嫌味ったらしくではなく、あくまで揶揄《やゆ》するように口にするからだ。

ぼくは矢萩の過去なんて、ふれることはできない。いや、ふれたくもないのに。

『水森、ほんとのところは、引っ越すのが面倒くさいんだろ』

あっさりと見抜かれてしまったものの、認めるのは癪《しゃく》だった。

「いや。ほんとにここが気に入ってるんだよ。出て行けっていわれない限り、引っ越す気はないね」

『そろそろ違う部屋で暮らしてみたいとか思わないのか』

「必要がないな。べつに面倒くさいからじゃないぞ」

心の中でひそかに舌をだしていると、妙な沈黙を返されたことにうろたえる。

『——そうか』

ややあってから、矢萩は重い声でいった。

ひょっとして浮かれている気分に水を差してしまっただろうかと、さすがに心配になった。

矢萩から転職を考えていると最初に告げられたのは、去年の梅雨《つゆ》の時期。あれから八ヵ月ほどがたち、矢萩は三月末で会社を退職することになっている。同業他社に移るのではなく、結局、いま勤めている会社の知財部ともつきあいのある特許事務所に就職が決まったらしい。

いまは二月末——つまり、あと一ヵ月で東京に戻ってくることになる。

年が明けたころから、矢萩はしきりと部屋のことを話すようになった。

いつ電話がかかってきても、その話ばかりするので、先日は「不動産屋の叔母に頼んでみようか」とぼくなりに気をきかせたつもりで提案してみた。

しかし本来ならば、知り合いに不動産屋を紹介してもらうのはあまり賢いやりかたではない。いい物件に当たることもあるが、気に入らなくてことわったり、なにかトラブルが起こったときに面倒だからだ。矢萩もそのことを承知しているのか、「いや、ありがたいけど、それは遠慮しておくよ」と辞退してきた。おまけに、「おまえのところみたいにメルヘンなアパート紹介されても困るしな」とよけいな一言まで付け加えて。

ひとの住んでいる部屋のことはいいかげんほっとけ——と思ったので、ぼくはそれからというもの、矢萩の部屋探しの話にはあまり口を出さないようにしているのだ。

『水森はそんなにいまの部屋が気に入ってるのか』

このやりとりも何度目だろう。矢萩はなぜか自分の新しい部屋探しのことよりも、ぼくのいま住んでいるアパートのことをひどく気にしている様子なのだ。

「気に入ってるっていうか……周りの環境に馴染《なじ》んでるというか。長年の愛着もあるし」

まさかいまさら「引っ越しが面倒くさいから」と認めるわけにもいかず、もっともらしいことを述べると、矢萩の声はあきらかにトーンダウンした。

『そうだよな。学生のころからずっとだから、思い入れもあるよな』

「いや、そんなにたいそうなものではないけどさ。……なんだよ、やけに突っかかるじゃないか」

『いや、べつに？』

否定していても、電話の声はひどくおもしろくなさそうだ。ただ面倒くさいだけだ――というのが本音なだけに、ぼくはだんだん決まりが悪くなってきた。

「なにか気にくわないことがあるんだったら、いえよ。俺がいまの部屋を気に入ってたら、なにか悪いことでもあるのか」

『水森は俺の部屋探しにはあまり興味ないんだなと思っただけだよ』

「興味なくはないよ。だけど、俺が叔母さんに頼んでやるっていったら、メルヘンなアパートはいやだっていったじゃないか」

　いやな間があいた。電話の向こうで、矢萩が猫をあやすような顔つきで笑っている様子が想像できた。

『そのことで拗《す》ねてるのか』

「誰が拗ねてるんだ。俺があれこれ口をだしたらいけないだろうと思って、よけいなことをいわないようにしてるだけじゃないか。わかるか、この気遣いが」

　ぼくがむっと唇を尖《とが》らせると、矢萩は「痛いほどわかる」とやはり笑いながら返してきた。

　長い遠回りをして、ぼくと矢萩は友人以上の意味でつきあうようになった。とはいえ、こうやって電話で話しているかぎり、以前となにが変わったというわけでもない。

　電話に限らず、実際に顔を合わせているときでもそれほどの変化はなかった。たしかに友人ではしないような肉体的な接触もあるのだが、それはぼくがとまどって逃げだしたくなるほどの変化にはあたらなかった。

　だが、もしかしたら、いまは距離が離れているせいで、そう感じるだけなのかもしれない。

　なにせ、会うのはせいぜい月に数回程度。年が明けてからは、正月休みに会って以来、いろいろ忙しいということで顔を見ていない。もうすでにやつの肌のぬくもりなんて忘れそうだ……。

『水森は――どんなときに、俺に会いたいって考える？』

突如、心を読まれたように問われて、ぼくは思わずぎくりと姿勢を正した。

「いきなりなにをいいだすんだよ？」

『いや、ちょっと甘い会話でもしてみようかと。ずっと会ってないし、水森サンはなぜかツンケンしてるし。気持ちをほぐしてもらおうかと』

そんなふざけたいいかたをされたら色気もないだろうと思いながら、ぼくは「おまえは？」と切り返す。

『俺はいつだって会いたいよ。夢にまで見るよ。水森のこと。どんな夢かは説明しないでおくけど。水森も俺のことを夢に見てくれるのか。ちょっといやらしい夢とか』

心のなかでどうせそんなことをいってくるんだろうと思ったんだと呟《つぶや》きながら、ぼくは苦笑する。

「おまえほどじゃないと思うけど」

『俺の夢がどんなだか知ってるの？』

返答に詰まった一瞬、隙《すき》をついたように低く囁《ささや》かれる。

『——抱きたい』

かすれた語尾の響きが、熱をもった疼《うず》きをともなって、からだの奥をズキンと直撃する。

鼓動が、ひどくいかがわしくて、いとしい熱に結びつく。

「……馬鹿じゃないのか」

かろうじてそういったけれども、電話に心拍計の機能があったとしたら、いいのがれができない状態だっただろう。

肌のぬくもりなんて忘れたといっても、電話の声を伝わって、矢萩の指先が肌にからみついてくるような錯覚を起こした。

『つれないんだな』

矢萩が笑うのを聞きながら、ぼくは早鐘《はやがね》を打つ鼓動をなんとか静めようと、ひそかに深呼吸する。

ぼくだって会いたいのは山々だ。けれども、不思議とそれほど切迫した不満がわいてこないのも事実だった。

早くも倦怠期《けんたいき》に入っているわけではなくて、会いたいと思っても、もし仕事で忙しい日が続いているのなら、ぼくだって休みの日は寝ていたいと思うからだ。わざわざ車を長時間運転して会いにきてほしくはない。

もう少し若いときだったらそんな行動も愛情の証《あかし》として好ましいと思うが、いまは無茶をして事故でも起こしてほしくないという考えが先にたってしまう。ぼくのほうから会いにいってもいいのだが、自分が矢萩だったらと置き換えて考えると、それもしんどいだろうと思う。

だから、「会いたい」ともいえない。ぼくがそういったら、矢萩はきっと無理をしてしまうから。

それにこうして電話で話すのもあと少しだと思えば、いくらでも我慢できる。一ヵ月後には矢萩は東京に帰ってきてくれるのだから。

「――もうすぐだな」

そのときが近づいているとしみじみと思ったら、自然に声が洩《も》れた。いってしまってから、ぼくはハッと口を押さえる。

いきなり「もうすぐ」といわれてもわからないだろうと思ったが、なんの脈絡もなく告げたわりには、きちんと真意が伝わっていたらしい。

『そうだな』

珍しく素直な返答だった。

『電話で声を聞かなきゃつらいんだけど、聞いたら聞いたでつらいな。水森の顔が見たいよ』

さすがにもう憎まれ口をきく気にはなれなかった。疼いた熱が、やわらかいあたたかみとなって、ぼくの口をゆるませる。

「俺もおまえの顔見たいよ」

すると、矢萩が唐突に「もう切るよ」といった。

『いまの水森の一言で、最高の気分で眠りにつけそうだから』

ぼくは「馬鹿」と思わず噴きだしてから、「おやすみ」と電話を切った。

口のなかでもう一度「もうすぐだ」と呟きながら、静まり返った部屋のなかをあらためて見渡してみる。

この部屋に愛着があると考えたことはなかった。もし、そういうものがあるとしたら、部屋そのものを気に入っているというよりも、学生時代から現在に至るまでの思い出が詰まっているからだろう。その得難い記憶のほうにおそらく価値がある。

社会人になってから、こうして深夜にかかってくる矢萩からの電話もそのひとつだった。

夜のしじまのなか、ぼくの耳に滑り込んでくる、矢萩の聞き心地のよい低い声。他愛もない会話に揺さぶられる感情の波に酔いながら、自分の内的空間を見つめる時間。

矢萩が東京に帰ってきたら、こんなふうに長時間電話で話す機会は減るのだろう。だが、いつも電話のかかってきていた時刻になれば、ぼくはおそらく電話機に目をやり、反応してしまうに違いなかった。

そして思い出す。離れていた時間のことを。

たとえ実際に矢萩が隣にいたとしても、距離を隔てて伝わってきた想いの記憶はいとおしい。もうすぐそばで暮らせるとわかっていても……。

もうすぐ――。

離れているあいだに、想いが心のなかで降り積もっていく。あふれだしそうなくらいに。

「水森さん、それは矢萩さんに対してちょっと冷たいんじゃないですか？」

昼休み。会社近くの裏通りにあるそば屋は、行列ができるほど混《こ》んでいた。ちょうど戸口の近くの席だったので、並んでいるスーツ姿の視線に、「早く食って出ろ」と無言の圧力をかけられているようで落ち着かない。

堀田《ほりた》は天ぷらそばをかきこみながら、あきれたようにぼくを見た。

「矢萩さん、かわいそうですよ。俺、さすがに同情しちゃうな」

鴨《かも》せいろに箸をつけながら、ぼくは心外だと思いつつ眉をひそめる。

「冷たい？　俺のどこが？」

「だって、引っ越しの話、ちゃんと聞いてあげないんでしょう？　矢萩さんは水森さんに相談に乗ってもらいたいんだと思うけどな」

「相談て、部屋のか？　でも、不動産屋をやってる親戚を紹介しようかっていっても、ことわってきて……」

ぼくが事情を説明しようとすると、堀田は「待って」と遮った。

「不動産屋はどうでもいいんですけど、水森さんは、矢萩さんがどこに住むのか、まったく興味ないんですか」

「ないわけないだろ。でも、最終的にどこがいいか決めるのは、あいつだから」

ぼくが「メルヘンなアパート」といわれておもしろくないように、いくら親しい間柄でも衣食住の好みのことで口を出されるのは微妙な問題だろう。

さすがにどこに住むのか、その場所だけは気になるが、通勤のことを考えれば、乗り換えが便利で、電車一本でいけるところがいいに決まっている。まさか不便を承知で近所に住んでくれと頼むわけにもいかない。そうなると、結局いうことはなくなってしまう。

「あいつにはあいつの考えがあるだろうから、俺はよけいなことといわないほうがいいだろ」

ズズッとそばをすすると、堀田はぼくの顔を見つめながらぽつりと呟く。

「……なんか恋人らしくないですよね、矢萩さんと水森さんて」

「いや、ラブラブだよ？」

堀田は一瞬、凍り付いたように箸《はし》を動かす手を止めた。露骨にいやそうな顔をする。

「そういうこと、水森さんがサラリということ自体が、不自然じゃないですか。ほんとにうまくいってるんですか？」

「……おまえが恋人らしくないとかいうからだろ」

さすがに自分でも恥ずかしくなってきて、ぼくはゴホンゴホンと妙な咳《せき》をしつつ不機嫌に返した。

それにしても、ぼくとしてはかなり恋愛モードで盛り上がっているつもりなのに、どうしてそんなことをいわれなければならないのか納得がいかない。

「俺、矢萩さんと酒でも飲みたいな。いまなら二人ですごくおもしろい話ができそうですよ」

「飲めば？　今週末にはさすがに部屋を探しに一度くるっていってたから。俺も同行することになってる。なんなら、おまえも一緒につきあう？」

堀田は軽くぼくを睨《にら》みつけると、「いやですよ」と首を横に振った。

「水森さんて、ほんとに残酷なひとですよね。俺に、矢萩さんと水森さんがふたり仲良く並んでるとこを見ろっていうんですか」

珍しく刺々《とげとげ》しい口調で返されて、ぼくはようやく察した。

「——悪い」

堀田に告白されたことを忘れたわけではなかったが、普段はまるでそんなことを態度に出さないものだから、こちらもつい意識しなくてもいいのかと思ってしまうのだ。

「いいんですよ。そういうキツイとこも含めて、いいなと思ってたんだから。水森さんてあまり動じなくて、落ち着いてるひとだとばかり思ってたんだけど、俺、最近気づいてしまいました。あなた、単に鈍感なだけなんですよね」

「悪いっていってるだろ。……だって、おまえが矢萩と飲みたいなんていうから」

「矢萩さんと二人ならいいんですよ。でも、水森さんが一緒なのはいやです。俺、ひとりぼっちだって思い知らされるじゃないですか」

ふてくされたように下を向く堀田を見て、ぼくはやれやれと苦笑いする。

ぼくは決して矢萩を見るようには堀田を見られないとわかっているのだが、後輩としてかわいいと思うのはこんなときだ。

「……わかったよ。悪かった。じゃあ、矢萩に伝えておいてやるよ。堀田がぜひ一緒に飲みたいっていってたって。せいぜい高い店で奢《おご》ってもらえよ。あいつ、このあいだちょっと株で儲《もう》けて、金もってるはずだから」

「え、そうなんですか。じゃ、遠慮なく、そうさせてもらいます」

堀田が顔を輝かせたので、ぼくはほっと胸をなでおろすと同時に、心のなかで矢萩に深く頭を下げた。すまない、たかられてやってくれ――と。

ややあってから、堀田が素朴な疑問を抱《いだ》いたようにたずねてきた。

「水森さんは、いまの部屋、引っ越すつもりはないんですか」

「ないよ？　まだ更新まで一年あるしな。矢萩も同じようなこと訊《き》いてたな。ひとの部屋の事情なんてそんなに気になるか」

堀田は「やっぱり……」と納得したように呟くと、どこか重い口調でいった。

「水森さんが気にしなさすぎなんですよ。そろそろ新しい部屋のことを考えてもいいんじゃないですか。せっかく矢萩さんが帰ってくるんだから。……っていうか、まったく考えてないとは思わなかったな。やっぱり矢萩さんは苦労してそうだな」

「どういう意味だよ？」

堀田は少し考え込むようにぼくを見つめたあと、「いえいえ」と笑いを浮かべた。

「いいんです。こっちの話。やっぱり水森さんだなあ、と思って。まあ、矢萩さんはもう慣れてるだろうし、そういうところがきっとたまらなくお好きなんでしょうからね」

「なんだよ、気味悪いな」

「あのひと、ちょっとマゾですよね。いや、俺もだけど」

堀田はふふふと笑う。

そのいやな含み笑いが気にかかったが、問いただす暇もなく、「ところで」とべつの話題に切り替えられる。

「水森さん、来週の金曜日の懇親会に出ます？　名古屋の久本《ひさもと》さんたちがちょうど本社にくるらしいですけど」

以前同じ部署で働いていた同僚の名前をだされて、即座に「参加する」と答えようとしたが、名古屋というと、自分の苦手な人間がいなかっただろうかと、その顔ぶれを頭のなかに思い浮かべてしまうのが情けないところだ。つきあいも仕事のうちとわかっているが、気の合わない人間との酒席は、実際の仕事以上のストレスになるのだ。

「たぶん、出るよ」

「そうですか。久本さんだけじゃなくて、ほかにもなつかしい顔に会えそうですよ」

「なつかしい顔？」

「水森さんがよく知ってる顔ですよ」

続けて思わせぶりないいかたをされて、ぼくはさすがに顔をしかめた。

「なんなんだよ、おまえ、さっきから。感じ悪いな」

「いいじゃないですか。少し意地悪させてくださいよ。無神経な発言のお返しですよ」

そういわれてしまうと、返す言葉がなくて黙り込むしかない。

堀田がぼくを好きだといった意味——突き詰めて考えると、いままでどおりのつきあいができなくなる気がして、あまり考えなくてもすむように自分のなかでかなり曖昧《あいまい》にしてしまっているのだ。気まずくなりたくないからとはいえ、たしかに無神経な話だし、責められればいいわけのしようもない。

食べ終わるとすぐにそば屋を出たが、まだ昼休みが終わるまでには時間があったので、オフィスに戻る道を遠回りして、近くの公園に向かう。

四方をビル群に囲まれた、ささやかな緑に彩られた敷地には、同じように昼休みの時間をつぶしている背広姿があちこちに見える。堀田がコーヒーを買うといって通りのカフェに入ろうとするので、その腕をつかんで引き止めた。

「俺がおごるよ」

「いいんですか」

「無神経だっていうから、お詫《わ》び」

堀田はきょとんとしたあと、「じゃ、遠慮なく」と破顔した。

ひとりでカフェに入って並びながら、ぼくはガラス越しに店の外で待っている堀田の姿を何気なく眺める。外見は整っているし、ワイシャツやネクタイの色遣いのセンスも悪くない。性格はおしゃべりなところが少し難だと思うけれども、人間的にはかわいらしいところもある。要するに結構いいやつなのはわかっているが、だからといって、そういう意味で好きになれるわけでもない。

——なんでなんだろうな。

なんで、ぼくは堀田じゃ駄目で、矢萩なのだろうか。

とりあえずぱっと思いつくのは、堀田を見ていると、ぼくでなくとも、いくらでもほかに似合いの相手がいそうだということだ。やつの隣に並ぶのは、ぼくでなくてもいいような気がする。それがかわいい女の子なのか、男なのかはわからないが、早くいい相手が見つかってくれればいいのにと、いまこの瞬間ですら思う。

そう——堀田を見ていると、ほかの誰かと並んでいるところが想像できる。

でも、矢萩の隣に並ぶのは、ぼくしかいないような気がするのだ。というよりも、ほかを想像したくない。その違い……。

　ぼくはコーヒーを買って外に出ると、堀田に手渡した。告白してくれた相手に対して、なんだかあらためて申し訳ない気分になっていた。

　コーヒーを飲みながらのんびり公園内を歩いていると、堀田はぼくになにかいいたげな視線を向けてきた。先ほど考えていたことをひょっとして見透かされたのだろうかと焦《あせ》り、思わず「なんだよ」と睨みつける。

「いや……水森さんて、矢萩さんと二人きりでいるときも、いつもそんな感じですか？」

「そんな感じって？」

「俺と話してるときと変わらないのかなあって。どうもいまいち矢萩さんとそういう意味でつきあってるとこが想像つかないというか。彼女いたときも、水森さんてニヤけることなく、クールでしたよね。たいして好きそうじゃないというか」

　矢萩にも似たようなことをいわれたことがある。冷静といえば聞こえがいいが、おもしろみのない人間といわれているようで、あまり喜ばしいことでない。

「ニヤけてても、おまえには見えないだけ」

「え。じゃあ、やっぱり二人きりのときは豹変《ひょうへん》するんですか。赤ちゃん言葉使ったりとか？」

　ぼくは思わずコーヒーを噴きだしそうになった。突飛なことをいいだすにもほどがある。

「おまえ、俺をいったいどういうキャラだと思ってるよ？」

「いやあ……だって、ひとは意外性に恋するもんじゃないですか。落差があればあるほど、いいんですよ」

「だからって、なんで俺が矢萩に赤ちゃん言葉使わなきゃいけないんだよ」

「矢萩さん、きっと喜ぶと思いますよ。俺だったら、悶《もだ》え死ぬな。だって、どうせ水森さんは矢萩さんのこと、いまだに『矢萩』って色気のない声で呼んでるんでしょ？　赤ちゃん言葉はいいすぎでも、呼び方ぐらい、せめて下の名前とかに変えてあげなきゃ」

「いまさら気持ち悪いだろ。おまえとか木田《きだ》の前でも、矢萩のこと『智彦《ともひこ》』って呼ぶのか？　不自然だろ」

「俺たちの前なんかどうでもいいんですよ。二人きりのときが問題なんですよ。物事がよく見えるか悪く見えるかって、要するにメリハリの演出なんですよ」

真面目《まじめ》な顔で力説されて、ぼくはまともに相手にするのが馬鹿らしくなった。

「俺は演出なんて嫌いだ」

「そういうこといってると、そのうちに『手を抜いてない？　わたしのことはどうでもいいんでしょ』って責められるパターンに陥るんですよね」

「誰がおまえの経験談を聞いてる？」

堀田は「わかってないなあ」とかぶりを振った。

「水森さんがそう考えるのは自由ですけど、矢萩さんはどう思ってるのかな。今度飲んだら、訊いてみますよ。矢萩さんはああ見えて、独占欲強いですからね。結構不満があるんじゃないかな」

「勝手にしろ」

ぼくはそっぽを向いたものの、堀田の質問に矢萩がどう答えるのかは少し気になった。

恋人としてつきあうようになっても、友達だったころとなにが変わったのかといわれれば、あまり思いつくことがない。

抱きあうようになったくらいだが、それもこうして離れていると、たいした意味がない。

おまけに、矢萩とはそういう関係がなくても、ずっと友達としてつきあっていたのだから、いまさらプラスされた一要素に重きをおく必要はないように思えて……。

いいかえれば、それは友達として過ごしたいままでの関係がとても大切だったという想いの表れでもあるのだ。おそらく矢萩はぼくのそういう気持ちを誰よりもよくわかってくれているはずだった。でも、相手がはたしてどこまで自分と同じ気持ちなのかは考えたことがない。

堀田の一言で不安になるなんて馬鹿らしいと思いつつも、頭のなかに浮かんできた矢萩の飄々《ひょうひょう》とした横顔に、ぼくは同意を求めるように問いかける。

――なあ、俺たち、うまくいってるよな？

2

金曜日、矢萩は半休をとったということで、六時には待ち合わせの駅に現れた。

かなり久しぶりなのだが、さすがに外で顔を合わせても感動の逢瀬《おうせ》といったふうにはならず、向こうは「おう」と手をあげて笑っただけだった。こちらも同じく手をあげて応える。さばさばしていること、この上ない。

——見ろ、堀田。現実なんてこんなものだ。

「久しぶりだな」

近づいてきても、その一言だけ。電話では「会いたい」といっても、実際に会ったときに「会いたかったよ」とか「顔を見られてうれしい」などという言葉はなかなか出てこないものだ。こちらも外でいきなりそんなことをいわれても困るので、べつに不満はない。

「堀田も誘うんじゃなかったのか」

「いや。あいつはちょっと生意気なことをいったから、仲間はずれ」

実際には、堀田がぼくと矢萩が並んでいるところを見たくないというから声をかけなかっただけだ。意外にナイーブなので、扱いに気を遣う。

「あのさ……堀田のこと、近いうちに飲みに誘ってやってくれないかな。おまえとふたりなら、じっくり話したいっていってたから」

「大好きな水森さんじゃなくて？」

「いや、もう俺はお役目ごめんだから。頼れる先輩のおまえが、美味《うま》いものでも食べさせてやってくれ」

矢萩は「ふうん」と目をすがめてぼくを見た。

「どうせ株の話でもしたんだろ。ちょっと儲けたって」

ぎくりとしながら、ぼくはとぼけることができずに「悪い」と謝った。矢萩は「図星か」と笑った。

「いいよ。俺もあいつのことを誘ってやらなきゃいけないと思ってたところだから」

ほぼ二ヵ月ぶりに顔を合わせる矢萩は、いつも長めの髪がさらに伸びているようだった。少し痩《や》せたのか、頰《ほお》が引き締まって見える。長めの髪がさらに影をつくって、よけいにシャープな印象を与えていた。けれども、心配したほど疲れている様子はなさそうで、細められた目と大きめの唇に浮かんだ笑みには、いつものようにひとを食った色がある。

「ところで、木田は？　まだ？」

「まだだよ。少し遅くなるかもしれないっていってた。連絡くると思うけど」

今夜は木田のうちに夕飯をごちそうになりにいく予定になっているのだ。去年の秋に結婚した木田のところに二人でそろって遊びに行くのは初めてだった。ぼくは何度も木田に「こいよ」と誘われていたのだが、さすがに新婚家庭にひとりでお邪魔《じゃま》するのは気が引けていた。矢萩が金曜の夜からくるというから、ちょうどいいと思って木田のうちに行くことにしたのだが……。

ぼくは矢萩の顔をあらためてじっと見つめた。やはり痩せたような気がする。

「——なに？」

視線に気づいたのか、矢萩がわずかに照れたように瞬《まばた》きをくりかえした。

「いや、おまえ……痩せた？　あごが細くなってる」

「そうかな。そういや、ちょっと忙しくて、引き継ぎもままならない状態ではあるんだけどさ。ちゃんと食ってはいるよ」

そこで、矢萩は含み笑いを見せて声をひそめた。

「痩せたかどうか、あとでゆっくり見せてやるから」

「結構だよ」

とっさにいいかえしたものの、ひそかに胸の動悸《どうき》が激しくなって困った。矢萩はこちらの反応を見透かしたように、すました顔をして笑う。

「そうかわいくないこというなよ。なにせ久しぶりだからな。水森としても、俺の体調が気になるところだろ。俺も水森が痩せてしまったり、体調が悪くなってないかどうか、今夜はありとあらゆるところを入念にチェックするつもりだから」

「いや、俺はまったくの健康体だから」

くだらないやりとりをしていると、木田が「遅れて、ごめん」といいながら走ってきた。

「おう、矢萩。久しぶり」

矢萩とは反対に、奥さんの料理がうまいせいか、木田の顔は日に日に丸くなっていた。もともと痩せすぎの男だったから、太ったというほどの印象でもないが、これが幸せ太りというものなのか。

「おまえ、顔が丸くなったな。幸せすぎなんじゃないの？　俺の苦悩を少し分けてやろうか」

矢萩がからかっても、いつも周囲に同じことをいわれているのか、木田はこたえた様子もない。

「またまた。おまえにどんな苦悩があるんだよ。矢萩だって、来月からは水森ちゃんとすぐに会える距離じゃないか」

木田は学生時代からの友人なので、ぼくと矢萩の関係が変化したことについて、とりたててどうこういったりはしない。だから、こんなふうに揶揄する台詞《せりふ》を向けてくるのは珍しかった。

矢萩は苦笑してみせる。

「まあ、そんなことといっても、俺にも深い悩みがいろいろと」

そのやりとりを横で見ていて、ぼくは矢萩が妙にすっきりしない笑いを見せることが気になった。

木田が幸せ太りをしているというのなら、矢萩の顔が引き締まりすぎているのは、ふたりの差を如実にあらわしているようにも思えて――？

木田の新居であるマンションは、新興住宅地に続く通りに建てられていて、駅から近いわりには閑静な趣で佇《たたず》んでいた。

玄関を上がると、まだ築年数がたっていないのか、リフォーム済みなのか、室内は壁も床もまっさらで艶《つや》のある光沢を放っている。

木田はぼくとは違って住居にはこだわる男で、独身のころにはモデルルームみたいな部屋に住んでいた。愛用のカメラで撮影した写真のパネルが飾られていた部屋は、たしかにスタイリッシュだったが、そのころの室内が研ぎ澄まされたモノクロームの印象ならば、現在の部屋は明るい色合いのフィルタをかけたように鮮やかに見える。雑多な感じは否めないが、そこかしこに生活の匂いがする空間は、それが親しい人間であればあるほど懐《ふところ》に入れてもらったようで居心地がいい。

「あら、水森さん、矢萩さん、いらっしゃい」

早速、奥さんの美佳《みか》ちゃんが笑顔で出迎えてくれた。

「まだ支度ができてないのよ。ちょっと待っててくれる？」

男たちをリビングのソファに座るようにうながして、美佳ちゃんはあわただしくビールとナッツの皿をもってくる。小柄で、リスみたいな印象のかわいい女性だ。

鍋をごちそうしてくれるというが、共働きなので、彼女もまだ帰ってきたばかりらしい。着替えるひまもなかったのか、外出着のままエプロンをしてキッチンに立っている状態だった。

木田が見かねて手伝いだしたので、ぼくたちも落ち着いて座っていられず、結局みんなでわいわいと手分けして用意をすることになった。学生のころから一緒にキャンプに行ったりしていたので、新妻の愛情たっぷりの手料理を振る舞われるよりはかえってこの雰囲気のほうが気楽だった。

やがて、みんなでそろってぐつぐつ煮立つ鍋の前に座ったころには、ちょうどよい具合に腹がすいていた。

「ごめんなさいね。手伝わせちゃって……明日なら、もう少し凝《こ》ったものを用意できたんだけど」

やたら恐縮する彼女に、木田が「矢萩たちは明日、朝から不動産屋めぐりで忙しいんだよ」とフォローする。

「そうなんだよ。俺はそろそろ決めないとな。実家には、もう自分の部屋がないから。このままだと、さすがにやばい」

　矢萩の実家は去年父親が具合を悪くしたのをきっかけに兄夫婦が同居をはじめたらしい。矢萩の自室はすでに甥《おい》っ子のものとなっているそうだ。

「矢萩さん、もう見当つけてるの？　どんなところ探してる？」

　美佳ちゃんの質問に、矢萩はすました顔で答えた。

「いや、俺は住めればどこでも」

　ぼくは思わず「嘘《うそ》つけ」とテーブルの下で矢萩のすねを蹴《け》りつけたくなった。コンビニが近くになきゃいやだのなんだの、さんざん細かい注文をつけていたのは誰だ。

　美佳ちゃんは感心したように頷《うなず》く。

「そうよね。男の人はそのくらいのほうがいいわよね。修《しゅう》ちゃんなんてうるさくて、ここを探すのも大変だったから」

「普通、女のひとのほうが、うるさくいいそうだけど」

　ぼくが首をかしげると、彼女は「もう全然。うちは反対」と手を振った。その隣で、木田が居心地悪そうにしている。

「俺、そんなにうるさくいったか」

「えー、うるさかったじゃない。もう、過ぎたことはすぐに忘れるんだから」

　美佳ちゃんがふくれるのを見て、喧嘩《けんか》でもはじめられたら困ると一瞬ひやりとした。だが、木田と彼女は互いに目を合わせると、いいあいになるどころかにっこりと微笑《ほほえ》んだ。いったいどんな法則が働いているものなのか。

木田のところはつきあいも長いし、それほど新婚らしい甘い雰囲気は拝めないかと思っていたのだが、蜜月《みつげつ》の空気は確実に存在するらしい。

「ほんとに修ちゃんは意外と神経質だから、好みを合わせるのが大変で」

美佳ちゃんは手のかかる子どもの説明をするように木田のことを話す。

「そのお鍋の具も、修ちゃんが大きい牡蠣《かき》は気持ち悪いっていうから、生食用のなるべく小さいのを探してくるの。岩牡蠣とか、駄目なんだって。あんなに美味《おい》しいのにね」

そんなふうにいわれると、鍋の牡蠣はすべて木田のために用意されたものに思えてきて、手をつけるのが悪い気がしてしまう。ぼくは牡蠣に伸ばした箸を引っ込めて、ほかの具をいただくことにした。でかい牡蠣が駄目なら、初めから牡蠣なんて食うな——と、チクリといいたいのをこらえながら。

それにしても、つきあっているころから知っているが、どちらかというと控えめでおとなしい女性だったのに、結婚した途端にすっかりしっかり者の奥さんに変貌を遂げているのが意外だった。

矢萩も同じ印象をもってないだろうかと、隣をちらりと見ると、べつだん違和感を覚えたふうもなく、愛想のいい笑顔を見せているだけだった。

新婚の甘い空気にあてられるのは少し居心地が悪かったけれども、木田本人が幸せそうなので、つきあってやるのも悪くないか、と思う。

矢萩も同じ気持ちなのか、微笑ましい顔つきでふたりを見つめていた。だが、時折、その目がぼんやりと不自然に泳ぐ。

ほんの一瞬だけ、口許《くちもと》がわずかにゆがむ。どこか不快なものをこらえるように。もしくは、なにかの不安を押し殺すように――？


明日は部屋探しで朝が早いからと、あまり遅くならないうちに木田のうちを失礼することにした。

マンションの外に出た途端に、我慢していたのか、矢萩は「煙草《たばこ》吸っていいか」とすぐそばの公園に入った。早速煙草を取りだすと、口にくわえて火をつける。

「あれは確実に尻に敷かれてるよな」

煙を吐きだしながらの第一声がそれだったので、ぼくは噴きださないように苦労した。

「聞こえるぞ」

公園からは木田の住んでいるマンションが見えており、先ほどまで訪問していた部屋の位置が確認できる。

「美佳ちゃんて、あんな感じだったっけ？　つきあってるころは木田のほうがしっかりしてて、威張《いば》ってるような雰囲気だったけどな」

「結婚すると、女は変わるんだよ」

矢萩はわかったようなことをいう。

「――って、木田が嘆いてたよ。でも、美佳ちゃんて、前々からそういうたくましい片鱗《へんりん》はあったらしいけどな」

「なんでおまえ、木田とそんな話してるの？　あいつ、俺の前では以前、『結婚しても、俺は自分のペース崩さない』みたいなことといってたぞ」

「あいつは水森の前では結構カッコつけてるんだよ。彼女もそれをわかってるから、木田を立ててたんじゃないの？」

「なんで、俺にはカッコつけて、おまえには本音を話すんだよ」

そこで、矢萩は煙草を深く吸い込み、ゆっくりと吐きだしてから、いやな笑いを見せた。

「さあ？　俺には相通じるものを感じてるんじゃない？　『おまえなら、この苦労をわかってくれるだろう』って。俺も尻に敷かれっぱなしだからな。どこかの誰かさんに」

「誰の話をしてるんだよ」

矢萩はとぼけて肩をすくめてみせる。いいかえしたら、寒空の下で延々とくだらないやりとりをしなければならないとわかっていたので、ぼくは顔をしかめつつも黙り込んだ。

矢萩が煙草を吸い終わるのを待っているあいだに、近くにあったブランコを押してみる。なかなかきれいに揺れてくれず、思いきり引き寄せてから、力を入れて手を離す。鎖がきしんだ音をたてながら、夜の宙に舞った。

「――うらやましくなかったか？」

ふいに問われて、ブランコの動きを目で追っていたぼくは、一瞬反応が遅れた。

振り返ると、矢萩はわずかにこわばったような笑みを浮かべていた。

「うらやましいって……木田たちが仲良さそうでってことが？」

「いや……そうじゃない」

矢萩は笑ったまま目を伏せて、「なんでもない」としめくくったが、その表情には妙な翳《かげ》りがあった。

公園を出るときにマンションを振り返ると、凍《い》てついた夜気のなかに浮かぶオレンジ色のあたたかな窓灯《あ》かりは、そのまま木田たちの幸せな情景を伝えてくるようだった。自然とぼくの口許もゆるむ。

「――まあ、でも、木田のところは幸せそうでよかった」

駅に続く道を歩きながら、ぼくがそう話しかけると、矢萩はぼんやりしていたのか、すぐに反応しなかった。

「……そうだな。幸せそうだったな」

ワンテンポ遅れて、歯切れの悪い返事をする。

なんとなく木田のうちのことを話したくないようにも見えたので、ぼくは急遽《きゅうきょ》、話題を部屋探しのことに切り替えた。だが、それでも矢萩は何事か考えているらしく、反応はいまひとつ鈍いままだった。

部屋に帰り着いてから、その理由をたずねてみようと思ったが、なかなかタイミングがつかめなかった。

久しぶりに会ったので、話すことが山ほどたまっている。定期的に電話をしていても、顔を見ていると、次から次へと「そういえば」と話題が出てくるものだ。気がつけば、明日は不動産屋めぐりをするのだから、そろそろ寝なければならないという時刻になっていた。

ぼくが先に風呂から上がってくると、矢萩は持ってきたノートパソコンを使ってインターネットでなにやら検索をしていた。覗《のぞ》き込むとすぐにブラウザを閉じたが、どうやら不動産屋の情報を見ていたらしい。

矢萩が入れ替わりに風呂に行くのを見送って、ぼくは履歴に残っていたネットのページを開く。どこかで見たことのある名前だと思ったら、木田の住んでいるマンションの物件情報だった。ちょうど空《あ》き室があるらしい。

「——おまえ、木田と同じところ借りる気？」

早速、矢萩が風呂から出てきたのでたずねてみると、「さあ」とはっきりとしない答えが返ってきた。ぼくはネットの間取り図を拡大する。

「ここは間取り的にひとりじゃ広すぎないか？　新婚ファミリー向けだろ」

「家賃の相場が知りたかっただけだ」

矢萩がマウスを奪いとろうとしたが、ぼくはいうことをきかずに物件情報の詳細を眺めた。

「でも、案外いいよな。こうやって見てみると、おまえの注文は全部満たしてるみたいだし。まあ、木田には恨まれると思うけど」

「本気でいってるのか、それ」

矢萩はついに横からマウスをとりあげてブラウザのページを変えると、不機嫌そうな顔を見せた。

「俺は木田のご近所さんになる気はないよ」

おまえが物件情報を見ていたから、いってみただけじゃないか。……そう反論したかったが、珍しく矢萩がピリピリしているので、ぼくも口をつぐむしかなかった。

ほかの物件ならいいだろうと思って、検索してさがそうとすると、再び「駄目だ」とマウスをとりあげられる。

「部屋は明日、不動産屋に行ってちゃんと探すから、もういいよ」

まるで見られるのをいやがるように、矢萩はパソコンの電源を落としてしまった。さすがに「ちょっと待てよ」と手を伸ばしかけたが、あっけなくかわされてしまう。

矢萩はぼくをちらりと横目に見て、小さく息を吐いた。

「――気にしてくれてるんだか、無関心なんだか」

「なんの話だよ」

ぼくは眉をよせた。矢萩はぼくを笑いながら睨みつけ、肩を抱き寄せる。

「水森と一緒にいると、俺は天国にいるんだか地獄にいるんだかわからなくなるよ」

囁きながら、さらにぼくのからだを引き寄せ、顔を近づけてくる。そうして吐息が、唇に――。

瞠目《どうもく》して、ゆっくりと目を閉じた。いままでは甘い雰囲気などみじんもなかったのに、キスひとつでいきなり場面転換を強《し》いられることにとまどいを覚えながら。

「おい……明日は朝から部屋探しだろ？」

唇が離れたすきに押しのけようとしても、矢萩はびくともせず、耳もとをチュッと吸ってくる。

「ぐっすり眠れるようにしてやるよ」

「おまえはいいかもしれないけど、俺は――」

「負担になるようなことはしないから」

矢萩はキスしながら、ぼくのからだを抱きしめて、後ろのベッドへと移動させる。倒れ込んだ途端に、先ほどよりも深く唇を合わせられて、息ができなくなりそうになる。

「ん……」

ぼんやりとしていると、スウェットのズボンのなかに手を入れられる。

久しぶりということもあって、的確に快感のツボを押さえてくる手の動きにあっというまに追い詰められそうになった。

「あ……おい、ちょっと……」

ハア……と真っ赤になってこらえているぼくの鼻先に、矢萩はかじりつくようなキスをする。

「我慢してる顔、かわいいな」

「やめろよ。そんなとこばかり強くしたら、すぐ……イク……」

「焦《じ》らして、最初は下着ごしにいじったほうがよかったか」

耳もとで低く笑われて、ぞくりと背がしなった。

「ごめん。ひさしぶりの水森だから、俺も気が急《せ》いてたな。ここをいじる前に、ちゃんとさわってあげなきゃいけない順番があるんだよな。キスして——次はどこだっけ？」

知るかと思いながらぼくが横を向くと、矢萩が耳もとにキスをする。

「耳にキスしてあげなきゃいけないんだよな　次は？　ここ？」

脇をそっとなぞり、胸に手を伸ばしてくる。薄いシャツごしに突起をとらえられた瞬間、

「あ」と声が乱れた。

「そうだ、ここをいっぱい可愛がらなきゃいけないいんだよな。俺としたことが忘れてたよ」

「おまえ……いいかげんに……」

シャツをめくられて、じかに指でさわられた瞬間、抗議の声も途切れた。矢萩が頭をさげていって、指の刺激でしこっている胸の先にそっとくちづける。

舌先でつついたり、音をたてて吸いついたりする。

「や……」

「かわいい。――食べたい」

囁かれて、ほんとに食べるみたいに口に含まれる。

矢萩はさらに頭をさげていって、へそのあたりに唇を寄せながら、スウェットごと下着をゆっくりと足から引き抜いていった。

「すぐに中心にさわらないほうがいいよな」

足の付け根近くまで顔を寄せてきて、腿《もも》の内側にふーっと笑うような息を吹きかける。腰が震えるたび、「くすぐったい？」とキスのあとを散らされて。

「……水森、おまえ、ここの肌が一番白い」

「おまえ……もう……いいかげんにしゃべるのやめろ」

これ以上、実況中継されてはたまらない。ぼくは上半身を起こしながら、なんとか矢萩の頭を押しのけようと腕を伸ばした。

頭を押さえつけられて、矢萩は「わかった。黙るよ」と上目遣いに笑う。

「あ――」

中心が熱い口のなかに含まれ、すぐに出してしまいそうで、ぼくは「もういい」と訴える。それでも矢萩はぼくを離そうとしなかった。

なおもぼくが「おい……」と話しかけると、矢萩は無言のまま見つめ返してきて、悪戯《いたずら》っぽく唇に人差し指をあててみせる。まるで「しゃべるなっていったのはそっちだ」とでもいいたげに。

やがてぼくの唇から洩れるのもせわしい息づかいだけになり、ほかの音は失われていった。


朝から不動産屋を訪ねるつもりが、結局、昼近くになってようやく目をさました。

それというのも、「負担になることはしない」といいつつ、結局、矢萩があれこれとぼくに睡眠不足になるような行為を強いたからだ。

久しぶりだったとはいえ、昨夜はずいぶんと意地の悪い真似《まね》をされたような気がする。情熱的だったといえば聞こえがいいが、なにか鬱憤《うっぷん》晴らしをされたような……。

窓のカーテン越しにすっかり明るい陽光が差しているのに目を細めながら、隣で眠っている矢萩の寝顔をそっと盗み見る。うつぶせになっている端整な顔は、眠っているときには表情がないので、どこか神経質にすら見えた。

(水森といると、俺は天国にいるんだか地獄にいるんだか、わからなくなるよ)

あのあとすぐに抱きしめられてしまって、その意味を問えなかった。

あれはいったいどういう意味なのか——。

天井を睨んだまま考え込んでいると、隣で寝ていた矢萩がふいにからだを起こしたので、とっさにその腕をつかんだ。矢萩はびっくりしたように目を見開いたあと、再びベッドに沈み込んできて、ぼくの肩に鼻先を埋《うず》める。

「——なに? もう一回っていわれても、さすがに俺も打ち止めなんだけど」

「寝ぼけたこというな。何時だと思ってるんだよ。今日の予定が崩れただろ」

「まあ、共同責任ってことで。……そんなに怒らなくても、べつに今週で決めなきゃいけないってものでもないんだから」

矢萩はベッドから起き上がると、のんびりとあくびをしながら散らばっていた服を集めて着替えはじめた。ぼくは布団にくるまったまま、一見着やせしているようでいて、そのしなやかでたくましい背中のラインを眺める。

顔を合わせても平気なのに、なぜだか後ろ姿を見ていると、その背中に思いきり腕を回してしがみついていた昨夜の行為の残像がちらりと頭の片隅をよぎり、わずかに頬が熱くなった。

「でも、退職したら、すぐに寮だって出なきゃいけないだろ。今週だけなんだろ？　こっちにこられるの」

「いや、来週もくるよ」

矢萩はあっさりと答える。

どうやら部屋探しの日程は組んでいるらしいが、それにしてもゆったり構えすぎだ。

「おまえ、やる気なさすぎ」

「夜はやる気がありすぎて、困ってるのにな」

懲《こ》りない返事に、ぼくはやり返す気力もなくしてためいきをつく。

予定が崩れたと文句をいっても、ぼくのほうもからだがだるくて、すぐには起き上がれそうもなかった。もうひと眠りだけ——と、布団のなかに沈み込もうとしたとき、矢萩が口を開いた。

「部屋のことだけど、水森の近所に越してこようかと思ってるんだ。だから、ここの近くの不動産屋でいくつか部屋を見て回れば、すぐ決められる」

ぼくは閉じかけた目をぱちりと開いた。シャツを羽織って、こちらを振り向いた矢萩と目が合った。

おそらく近くに住んでくれるとは思っていたが、はっきりと場所について言及したのはこのときが初めてだった。

「そうか……。この近所でいいっていうのなら、おまえが帰ったあとでも、俺がいくつか良さそうなところ探しておいてやるけど」

「それはありがたい」

淡々とした返答に、「あれ?」と思う。ぼくは近所に越してくると聞いて喜んでいるのに、どうもテンションが嚙《か》み合っていない。

矢萩はぼくの表情をうかがうように見た。

「水森はいいのか? 俺が近くに越してきても」

「どうして? 近くだったら、会うときにも便利だろ」

わけがわからずに問うと、妙な間があいた。矢萩は苦笑した。

「そうだな。だったら、焦って部屋を探すこともないな。四月になって寮を追いだされても、ここに少し置いてもらいながら、部屋を探してもいい」

「そりゃしばらくいてもいいけど……おまえだけならともかく、荷物を置くスペースはないぞ。荷物を実家に送るなら、いいけど」

「それでもいいのか?」

矢萩はどこか複雑そうな顔をした。ぼくがとまどいながら「なんで?」とたずねると、小さく噴きだす。

「そうか。そうだよな……水森にとっては、そのぐらいのことなんだよな。俺が意識しすぎてたみたいだな」


その不透明なやりとりの意味に気づいたのは、午後になって不動産屋を回ってからだった。

駅前の不動産屋を訪ねると、担当としてついてくれたのは、中年のふくよかな感じの女性だった。

にこにこしていて感じのいい女性で、部屋を見てまわるさいにも、周辺の環境をあれこれと説明してくれる。いくつか条件に合う物件を見せてもらって、最後に訪れたのは新築の低層マンションだった。

「こちらが一番おすすめですよ。次々とご契約が決まっていってますから」

なるほど、外見は洒落ているし、風呂やキッチンなどの水回りの設備も最新のものになっていて、陽当たりも文句のない部屋だ。木田のようにインテリアにさほど興味のないぼくでも、こうして新しい部屋を見て回っていると、引っ越しをして、家具や電化製品を揃《そろ》えたくなってくる。

クロゼットの広さなどをメジャーで測って熱心に見ていると、担当の女性が背後から声をかけてきた。

「あの……ひょっとして、おふたりで住まわれるんですか？　最近はルームシェアされる若い方も増えてるようですけど。それ用にちゃんと同じ大きさのお部屋がふたつある物件もありますよ。あまり数は多くないんですが」

矢萩が探しているのは、広めのリビングがある一ＬＤＫだったが、つきそいというにはあまりにもぼくが熱心な様子なので、一緒に住むと誤解されたらしい。お金のない学生ならともかく、二十代後半にもなった勤め人の男がふたりで暮らすというのは、世間一般的にはどう解釈されるものなのか。

「いや……住むのは彼ひとりで――」

同意を求めるように振り返ると、矢萩がどこか憮然《ぶぜん》とした表情を浮かべているのを見て、ぼくは思わず息を呑んだ。その瞬間、昨夜からずっと引っかかっていたものの正体が見えたような気がして。

だが、それも束の間、矢萩は落ち着き払った様子で、担当の女性に「ええ、ぼくひとりです」と答える。

「そうですか。失礼しました。もしもおふたりなら、それぞれ個室があったほうが良いと思ったものですから」

「そうですね、ふたりならね」

矢萩と担当の女性のやりとりを聞きながら、ぼくはすっかり落ち着かない気分になっていた。

ある可能性を考えてしまって、もはや部屋をチェックするどころではない。頭のなかでばらばらだったピースがつなぎあわされていく。

矢萩はずっとぼくに「引っ越す気はないのか」としつこく訊いていた。ぼくに部屋の条件を細かく話していた……。

あれは、もしかしたら――。

結局、矢萩はその部屋をだいぶ気に入った様子だったが、その日のうちに契約してしまうまでには至らず、「来週までに少し考えて、また見にきます」ということになった。

担当の女性とマンションの前で別れたあと、矢萩に部屋の印象を訊かれたが、ほかに気にかかることがあって、ぼくは満足に返事ができなかった。

そろそろ日が陰りはじめる時間帯だった。買い物のために駅前の通りに出ると、ちょうど夕飯の買い物客でごった返していた。通りの店をのんびりと見て歩く矢萩の背中を見つめながら、ぼくはなんともいえない複雑な気持ちになっていた。

思い違いかもしれない。もし、そうだったら、東京に戻ってくるのが決まったとき、矢萩のほうから最初にいうはずだ。

だが、もしそうならば、すべて合点がいく。引っ越しのことをなかなか決めなかったのも。ぼくの部屋のことをあれこれといっていたことも。

なによりも、ぼくが「彼ひとりで」といったときの、あの微妙な表情……。

(あなた、ただ単に鈍感なだけなんですよね)

追い打ちのように堀田の台詞が甦《よみがえ》ってきて、ぼくはいたたまれない気持ちになった。

「――水森？」

ぼくが黙り込んだままなので、矢萩が「どうした」と声をかけてきた。

「いや、おまえさ……」

いいかけて、ぼくは言葉を飲み込んだ。

「いや――なんでもない」

頭を振ると、矢萩はおかしなやつだな、といいたげな笑いを見せた。ぼくはひそかにためいきをつく。

いまさらたずねられるわけがない。

もしかしたら、おまえ――ぼくとふたりで暮らそうと考えていたのか、などと。

3

つきあっているからといって、必ず同棲しなきゃいけないわけでもない。とはいえ、矢萩が東京に帰ってくる時点で、同じ部屋で暮らす可能性を少しも考えていなかったのだから、鈍いにもほどがあるのかもしれなかった。

だが、もしふたりで暮らすことを考えていたのなら、矢萩もなぜなにもいわなかったのか。「メルヘンなアパートにいつまで住んでるんだ」と嫌味をいうのではなく、「一緒に暮らそう」とストレートにいってくれればいいだけの話ではないか。

そういった話をまったくしないままに部屋探しをしているのだから、やはり自分の思い違いかもしれないという気持ちもぬぐえなかった。

それに、ぼくも——。

（ふたりで住みたいって考えてたか？）

そう一言訊けばいいだけなのに、矢萩から電話がかかってきても、その話題にはなかなかふれることができなかった。

「今週も部屋探しにくるんだよな？」

週末の予定をたずねると、矢萩は「行くよ」と答えた。

今週は金曜日が会社の懇親会なので、「遅くなる」という話をしたら、矢萩もほかのやつと飲みにいくから、「部屋に帰ったら、携帯に電話をくれ」という。

「部屋、決まりそうか？　このあいだ見たなかで、気に入ったのはあった？」

『最後に見たやつがよかったな。もう一度ほかの不動産屋でいくつか見せてもらったら、そのなかで決めようと思ってるけど』

「そうか」

あの新築の一ＬＤＫに決めようと思っているのなら、いまさらぼくが「二人暮らし」の話をしてもしようがないだろう。気の回しすぎということか……。

それでも、木田のマンションの物件情報を調べていたのにはどういう意味があったのだろうかと考えてしまう。新婚ファミリー向けの物件。

木田と彼女を見ているときに、少し不快そうな顔をしていたのは――？

「矢萩……おまえさ、なにか俺にいいたいことない？」

思い切ってたずねてみると、一瞬の沈黙があった。

『いいたいことって、なに？　いきなり漠然と問われても』

「いや……引っ越しも近いしさ、なにかいいたいことがあるんじゃないかと思って」

『早く水森に会いたいよ、とか。引っ越すまで待ちきれない、とか？』

からかうような声を聞きながら、ぼくは眉をひそめて、静かに息を吐く。

「そうじゃなくてさ、引っ越しのことを考えたときに、おまえは――」

ふたりで暮らすことを考えたか、と問おうして、口許がこわばった。

『なに？』

「いや……いい部屋が見つかるといいな」

ふいに動揺して話をそらしてしまったのは、ぼく自身がまるでそういうことを考えていなかったことに気づいたからだ。いまさらだと思いつつも、己の愚鈍さを露呈させるのが怖くなった。

もし矢萩がずっとそのことを考えていて、なにも気づかないぼくを忌《い》ま忌ましく思っていたら？　怒ることはないにしても、内心では「まったく考えてくれなかったのか」とかなり失望しているかもしれない。

それにしても、あれほど矢萩が帰ってくるのがうれしいと思っていたのに、どうしてぼくは一緒に暮らすことを思いつかなかったのか。

間違えたテストの解答をいつまでも悔やむようにして、ぼくはもやもやしたものを抱えたまま、なにもいいだせずに電話を切った。

金曜日、会社の懇親会は六時三十分からだった。

ちょうど夕方になって、処理を急がなければならない仕事が回ってきたので、遅れて出席することになりそうだと思いながら客先からの連絡を待っていると、堀田が「水森さん」と声をかけてきた。

「久本さんたちが挨拶《あいさつ》に回ってますよ。ほら、樋口《ひぐち》さんもいる」

見ると、会議が終わったらしく、名古屋支社の面々がオフィスのあちこちに散らばって、知った顔に挨拶をしていた。

久本はともかく、その後ろに続いているセミロングの髪の女性――同期の樋口理美《さとみ》を指して堀田が意味ありげに笑っているのが気になった。

「おまえ、なんで樋口のこと知ってるの？」

「ちょっとした情報網で」

そういえば懇親会の話をしたとき、「ほかにもなつかしい顔に会えますよ」といったのは、彼女のことを指していたのか。

「おまえ……どこまで知ってる？」

「水森さんの元カノでしょ？　俺が入社する前の出来事だからって、知られてないと思ったら大間違いですよ。このあいだ名古屋に出張した際、久本さんから教えてもらったんです。

『水森は結構悪い男だ』って」

「勘弁してくれよ……」

頭をかかえていると、やがて噂《うわさ》の久本がぼくの席にやってきた。大柄でクマさんみたいに愛想のいい男だが、口が軽いのが玉に瑕《きず》だ。

「おう、久しぶり。堀田も元気そうだな。ん？　水森、おまえ、なに睨んでんだ？」

「おまえに会いたいと思って、懇親会に参加するつもりだったけど、欠席したくなってきたよ」

「なんでだよ。つれないこというなよ。仕事忙しいのか？」

「とてもね」

ぼくはためいきをつきながらパソコンに向き直った。久本が「なんだよ」とぼやきながら、堀田に「おまえは参加するんだろ」と話しかける。

「すいません。俺も今日はどうしても外せない用事があって……」

ぼくは「え」と思わず振り返った。

「なに？　おまえ欠席なの？　俺に『参加するんですか？』ってせっついておいてか？」

「いや、俺もあのときは参加するつもりだったんですよ。けど、そのあと急用が入っちゃって」

久本が「彼女？」とたずねると、堀田は「いえいえ、残念ながら」と首を振る。ぼくはピンときた。

「矢萩か？　今日、矢萩が一緒に飲む相手って、おまえか」

「アタリです。矢萩さん、『奢ってやるから期待しとけ』ってやけに気前のいい声だしてたから、今夜はおつきあいしといて損はないだろうと思って」

ふたりが飲みにいくのはかまわないが、矢萩はどうして飲みにいく相手が堀田だと黙っていたのか。名前をいわないから、てっきりぼくが面識のない相手だと思っていたのに。

そのとき、ちょうど待っていた電話がかかってきたので、ぼくはあわてて受話器をとった。久本が「じゃあ、懇親会でな」と去っていくのに手を振りながら、電話に応対する。

受話器を置いた途端、まだ近くにいたらしい堀田が寄ってきて、トントンとぼくの肩を叩《たた》いた。「なんだよ」とすごみをきかせて振り返ると、堀田の横にはおかしそうに笑っている樋口理美が立っていた。

「お久しぶり、水森くん」

なつかしい涼やかな声。三人姉妹の長女というだけあって、さっぱりとした落ち着いた雰囲気で、いつもすらりと背筋を伸ばしている印象がある。

ぼくは「久しぶり」と応えながらも、内心驚いていた。顔を合わせる機会はあっても、ここ数年はろくに話したこともなかったからだ。

「忙しそうなところに声をかけちゃ悪かった？」

「いや。いまの電話でカタがついた」

ごく普通に同期の会話をしているつもりだったが、堀田の存在が気になって仕方がなかった。気をきかせて立ち去ればいいものを、まだ樋口の脇に立ったままでいる。

「——元気そうだね」

「まあ、なんとか。元気ださなきゃ、やってられないですよ。わたし、四月から横浜なのよ。いろいろ忙しくて」

「内示でたのか」

「そう。だから、部屋探しで、週末はこっちの友達のところに泊まったりしてる。四月からは、なにかと顔を合わせる機会も多くなると思うので、ひとつよろしくお願いします」

樋口がにっこりと頭を下げるので、ぼくもつられて頭を下げた。

なんだ——と内心つぶやく。転勤で本社の近くにくるから、気まずくなるのをさけるために、挨拶にきただけか。

相手の目的がわかって、わずかに緊張していた肩の力が抜けた。樋口はぼくの脱力ぶりを見透かしたように唇の端をあげて、「じゃ」と踵《きびす》を返した。

「堀田くんもよろしくね」

すれ違いざまに声をかけられて、堀田は「はい」と威勢よく返事をする。樋口はいったん歩きだしたものの、ふいに立ち止まってぼくを振り返る。

「水森くん、懇親会に出る？」

「出るつもりだけど」

「そう。じゃあ、またあとでね」

樋口が去っていったあと、堀田は待ちかまえたように身をかがめてきて、「えらく普通に話すんですね。もっと因縁めいた再会を期待してたのに」と耳もとに小声で囁いた。

「ばーか。おまえの想像してるようなのとは違うよ」

「それにしても、なかなか感じの良さそうなひとじゃないですか。爽《さわ》やかで。なんで別れちゃったんですか」

「――知らないよ」

樋口とは新人研修のときに親しくなった。彼女が実家に戻らなければならない事情ができて、一年目の途中から名古屋に転勤になってからも、半年ほどつきあった。喧嘩した覚えもないし、ただ互いに忙しい時期で、タイミングが合わなかったとしかいいようがない。最後には「もうなかなか会うこともないね」の一言にこちらも頷くしかなくて、終わってしまった。

嫌な思い出もないせいで、別れたとはいえ、もう二度と顔を見たくないというような悪感情もない。ただ少しふれられたくないような、隠しておきたいような気まずさがあるだけだ。

中途半端な関係は、やり残したゲームみたいなもので、勝ったのか負けたのかもよくわからない。そこにどんな感情が置き去りにされているかすらあやふやで。

「じゃ、俺はお先に失礼します」

堀田が去ろうとするのに、いったん「お疲れさま」と普通にいいかけて、ぼくははっとした。

「おい、待て、堀田。おまえ、矢萩によけいなこと……」

堀田が樋口のことを矢萩に黙っているとはとうてい思えなかった。今夜の酒に、いい肴《さかな》を与えてしまったのではないか。

堀田は「なんのことですか」ととぼけて足を止める。

「よけいなことというなよ。おまえ、またおもしろおかしく脚色する気だろ」

「人聞きの悪い。樋口さんのことですか？　でも、俺が期待してるような泥沼関係じゃないみたいだからなあ……まあ、いわないように努力します。でも、酒飲むと、どうなるかわからないですよ」

ぼくがしかめっ面になるのを堀田はおかしそうに見た。

「いいじゃないですか。先輩たち、ラブラブなんでしょ？　俺に話のネタぐらい提供してくださいよ」

いったい今頃、なにを話しているのか。

中華料理屋を借り切った懇親会に参加していても、遠く離れたところの矢萩と堀田のもうひとつの酒宴が気になって仕方がなかった。

おかげで最初のうちこそ気が乗らなかったものの、やはり久しぶりに会う顔と話をするのは楽しくて、時間がたつにつれて心地よい酔いに身をまかせた。

樋口とも、互いに昔のことにはふれないようにしながら無難な会話をした。だが、久本たちと一緒になって転勤の部屋探しの話題になったときには、無防備な発言に少しドキリとした。

「水森くん、まだあの部屋に住んでるの？」

いまだに学生のころと同じアパートに住んでいることを笑われたのだが、「あの部屋」といういいかたは、樋口が実際にぼくのアパートにきたことがあると暴露してしまっているようなものだった。

しかし、ひやりとしたのはその一言だけで、樋口も社内での噂が怖いのか、ぼくに対しても昔なじみといった態度ではなく、むしろほかの同僚に比べて少し距離を置いている感じだった。

親しげな口をきかれたらおそらく困惑するくせに、他人行儀すぎるのにも違和感を覚えた。

なんにしても、ちょうどよい距離感などつかめるわけもなくて、そばにいると少し肩が凝ってしまうのには変わりがなかった。

懇親会がお開きになったところで、ぼくは早速携帯を確認する。矢萩からの着信もメールもないことに、思わずためいきをもらしながら画面を閉じた。

親しい仲間で二次会に行くことになったので、会場になった店の前でトイレに行っている連中を待っているとき、樋口が「水森くん」と声をかけてきた。周囲では同じように会社の人間がグループに分かれて「どこに行く」と次の河岸の相談をしているなか、さりげなく壁ぎわに立っているぼくの隣に並んでくる。

「――お隣さんは、まだ可愛い女子大生？　あのアパート、女性ばっかりだったものね」

いきなり囁かれて、ぼくはすぐには返事ができなかった。先ほどまですっかりすました顔をしていたから、こんなふうに昔の話題を振ってくるとは思わなかった。

「いや。女子大生はもういなくなった。いまはブランド好きなＯＬ」

「そうなの。それなりに変化があったのね」

「まあ、そりゃ……」

あれから何年――という話をしたい気持ちでもなかったので、ぼくは口をつぐんだ。樋口も何事か考え込むように黙り込んだあと、小さく笑う。

「水森くんがまさかまだ同じアパートに住んでるとは思わなかった」

「なかなか出るキッカケがなくて」

「わざわざ引っ越す必要ないものね」

話しかけてきた意図をつかめないままでいると、樋口はぼくの困惑ぶりを楽しむかのように笑った。

「久しぶりに話せて、よかった。じゃあね」

「二次会は？」

「ちょっと別件があるのよ」

そういいながら手を振ると、樋口は少し離れたところに立っていた男のそばへとかけよっていく。

同年代のその男の顔には見覚えがあったが、名古屋の人間だよな——ということしかわからない。すらりと背の高い優男《やさおとこ》だった。軽く視線が合ったが、すぐに目をそらしたので、相手がどんな表情を浮かべていたのかはたしかめることができなかった。

すぐにふたりで連れだって歩きだす背中を見ただけで、親しい仲なんだろうなと察しがついた。

歩き去っていくふたりの姿にしばらく目を細めていたが、過去につきあったことのある樋口に対しても、もしかしたら自分が隣に並ぶべきだったのではないかという想いは欠片《かけら》も浮かんでこないから不思議だった。もうちゃんと別の相手がいるんだな、と思うだけ。

このあいだ、堀田を見たときにも似たようなことを考えた。たぶんその隣には、ぼくではない、ほかの人間が並ぶのが相応《ふさわ》しいのだという視点。

ぼくが追いたい背中は、もうひとりだけなのだと実感する。

ずっとその隣に並ぶのが自分だと想像するのが怖かったわりには、ぼくは矢萩の隣にほかの誰かがいるところを想像できない。ぼくじゃなくてもいい。そんなふうには考えたくない。

友達としてつきあっていたころとあまり意識の変化はないとばかり思っていたのに、こうして離れているときにほかの人間と接するたび、あらためてその存在を強く感じずにはいられない。そばにいるときは、いるのがあたりまえみたいで意識しないというのに。

ぼくは再び携帯の画面を開いて、メールを打った。わざわざ文字にしなくても、自分の心の声が洩れて相手に聞こえればいいのにと思いながら。

『これから二次会だけど、いま、どこにいる？』

本音は二次会に出ないで帰りたかったが、実際にはぼくにもつきあいがあって、そんなことはできやしない。だが、それでも早く顔を見たいと考えていることだけでも伝わってほしいと思う。

メールを送信した途端に、いまさらかもしれないが、部屋の話をきちんとしなければならないと思った。

早く矢萩の顔を見たい。いまなら、この瞬間なら、なんのてらいもなく心のなかにあるものをすべてぶちまけられそうな気がするのに。

　会社の連中と飲んでいるときには、一日千秋の思いで矢萩のことを考えているつもりだったのに、アパートへの帰路につきながら携帯電話に入っているメールを見た途端に表情がこわばった。

『話が盛り上がってるから、そっちにいくのは遅くなる』

　堀田を相手になにを盛り上がっているというのか。

　部屋に帰り着いてひとりで待っているあいだに、ぼくはだんだん腹が立ってきた。

　だいたい矢萩はどうしてぼくに事前になにもいわないのだろう。

　部屋のことだってそうだ。思えば、転職のこともそうだった。極めつけは、ぼくへの気持ちですら……。

　いつもはっきりとものをいわない。余計なことはべらべらとしゃべるくせに、肝心のことは置き去りにしたままで――。

　おかげで、真夜中を過ぎてようやく矢萩がアパートに現れたときには、ぼくは仏頂面で出迎えることになった。

「遅かったな」

矢萩は「悪い」といってから、ぼくの不穏な様子に気づいたのか、「おや」というように片眉をあげた。思ったよりもはっきりした顔をしているから、盛り上がっていたわりには、あまり飲んでいないようだった。

どうしてそんなにぼくの機嫌が悪いのか訝《いぶか》しんでいるふうだったが、すぐに思い当たる節があったのか、唇の端にうっすらと笑みを浮かべる。

「風呂、入ってもいいか」

矢萩がぼくの態度にはなにもふれないまま、さっさとバスルームに行ってしまったので、ぼくは感情をぶつける機会を逸してしまった。どっと肩の力が抜けるのを感じながら、冷蔵庫からビールを取りだしてきて口をつける。

やがて、ようやく矢萩がバスルームから出てきたので、缶ビールを持つ手を乾杯するようにあげてみせた。

「一緒に飲まないか？　おまえ、そんなに飲んでないんだろ」

矢萩はバスタオルで頭を拭きながら、ぼくの隣にどっと腰を下ろす。あまりにも距離が近いので、肩がぶつかるほどだった。

「——飲む？」

飲みかけの缶を差しだそうとすると、「いらない」と戻された。

「酔っぱらったら、水森を悦《よろこ》ばせることができなくなるだろ」

いきなり唇を頬につけられて、ぼくは「わ」と悲鳴を上げた。まだ湿っているからだを体当たりするみたいに押しつけられる。

「——ちょっと待て。ちゃんと話……」

「さっき、ずいぶんと可愛いふくれっ面で出迎えたくせして、なんで拒むんだ」

「誰がふくれっ面だ」

「玄関に出てきたときの顔、鏡に映して見せてやりたかったな」

小憎らしく笑われて、ぼくはさすがに決まりが悪くなり、口許を隠すように手でおおった。

「てっきりかまってほしくて、ツンケンした態度とってるのかと思ったのに、水森サンは気まぐれだな」

いちいち腹の立ついいかたをするやつだと思いながら、ぼくは矢萩を睨みつける。

「かまってほしいよ。話をしたいんだ。そういう意味で、かまってほしい」

矢萩は意表をつかれたのか、目を見開く。そしておかしそうに微笑んでから、テーブルの上の煙草に手を伸ばすと、口にくわえて火をつけた。

「聞きましょう?」

「……なんで今夜飲む相手が堀田だっていわなかった」

「てっきり堀田が水森にいってると思ったんだよ。だいたい、おまえが堀田を飲みに誘えっていったんだろ。堀田と俺がこそこそ会ってるのが、そんなに嫌？　まさか嫉妬《しっと》でもないだろ。安心しろよ。堀田とは以前酔っぱらってキスしたことはあるけど、それだけだから」

「そんなこと心配するか」

「じゃあ、なにを心配してる？　俺と堀田がなにを話してるのか気になるのか。堀田にしゃべられちゃ困ることでも？」

「………」

分が悪くなって、ぼくは無言のままそっぽを向き、立ち上がろうとした。すると、腕をつかまれて、引き寄せられる。

背中にどっさりと重なってくる体温。続いて、耳もとに熱い吐息を吹きかけられる。

ほんのかすかな刺激でも、それはぼくの敏感な部分をくすぐって……。

「――なかなか感じのいい女性なんだってな。樋口さんて」

囁かれた一言のおかげで、急速に熱が引いていった。

ぎょっとして首をねじ曲げると、悪戯っぽい瞳《ひとみ》と目が合う。

堀田がだまっているわけはないと思っていたが、やはりすべて最初からわかっていて、とぼけていたのか。

ぼくは抱きついてくる矢萩の腕を引き離そうとした。

「その話は……」

「わかってるよ。新人のときにつきあってた彼女だよな。俺も水森から話に聞いたことはある。覚えてるよ」

矢萩はあっさりとからだを離して肩をすくめてみせる。その口調があまりにもさばさばしているので、少し気が抜けてしまった。

「昔のことだろ？」

矢萩はわずかに唇をゆがめて笑う。

「俺は気にしない。気にしたら、やってられない」

その話はそれで終わりとばかりにいいきられて、却《かえ》ってひっかかるものを感じずにはいられなかった。

矢萩がいつもどおりに振る舞えば振る舞うほど、その本心にふれることができないような、もどかしさを感じる。

そばにいるのに、相手の心が遠いみたいな——。

「それで話って？　そのことだけ？」

落ち着き払った様子で問われて、ぼくは迷いながらもようやく口にした。

「いや、部屋のことでちょっと訊きたいことがあったんだ。部屋は……明日で決まりそうか」

「もう一度不動産屋を回ったら、さすがに目処《めど》をつけるよ」

「そうか」

奥歯にものの挟まったようないいかたが気になったのか、矢萩は「それが、なに？」とたずねてくる。

ぼくは唇をきゅっと噛みしめる。

どうでもいいことはいくらでも話せるのに、いざというときに口が重たくなるのは、ぼくも同じだった。

「その――一度、訊いてみようと思ってたんだ。おまえは……こっちに戻ってくるって決まったとき、俺と一緒に暮らそうって考えてみたことはあるのか」

矢萩は静かに目を瞠《みは》った。わずかにはりつめた空気に、ぼくは息を呑む。

「――考えないわけがない」

ゆっくりと細められた瞳には、少し苦い笑いが浮かんでいた。

「考えたよ。考えないわけがないだろ。水森は？」

(俺も考えてたけど、口にはだせなかった)

そういう嘘はつけなかった。つけるくらいなら楽だったのに。

「悪い……俺は、あまりそういうの、考えたことがなかった」

正直に答えると、矢萩は嘆息した。

「だろうな。――だと思った」

ショックを覚えたふうもなく、あくまでやんわりと答える。まるでぼくの反応などわかっていたといいたげで、そのことがよけいにこたえた。

「だけど、いまから考えたいと思ってる。明日はそのつもりで部屋を見に行かないか。その話をずっとしようと思ってたんだ。俺は……」

「――いや」

きっぱりと遮られて、ぼくは言葉をなくした。矢萩は困った顔で笑う。

「無理しなくてもいいよ。俺もたしかに最初はそういうことを考えてたけど、いまは考えてない」

「なんで――」

矢萩はためいきをつきながら、「だからだよ」と遮った。感情的ではなく、あくまで穏やかに――そして冷静に。

「俺と暮らすことなんて、水森は考えもしなかっただろ。いまはまだそういう時期じゃないってことだと思わないか」

あっさりと拒絶されてしまい、ぼくはどうしたらいいのかわからなくなった。

「そんないいかたされたら、俺はどうしたらいいんだよ。考えなかったわけじゃない。ほんとにただ思いつかなかっただけで……」

詰めよるぼくに、矢萩はなだめるような目を向けた。

「俺のいいかたが悪かったたな。実際のところ、水森にそういう話をしようと思ってたこともあったよ。だけど、まだその時期じゃないってわかったんだ。俺は水森の負担になるようなことはしたくない」

「負担もなにも——だから、俺はただそこまで気が回らなかっただけで、おまえと暮らしたくないとか、そんなんじゃない」

「変なところに鈍感なのは知ってるよ。俺が一緒に住もうって話をすれば、水森がちゃんと考えてくれたのはわかってた。ただ、俺がいまはその必要はないって思ったから、話さなかっただけなんだ。水森に落ち度はない。俺がなにもいわなかったんだから」

矢萩はいつも結論だけを突きつける。それが決して自分本位の結果ではなくて、相手のことをよく考えた末でのことだと知っている。だからこそ、ぼくは矢萩のいっていることに納得できなかった。

「なんで必要ないなんていうんだ？　時期じゃないって？」

「——焦らなくたっていいだろ。いまさら焦る必要なんてない。もう少しゆっくりと——そのほうが俺たちらしくて、いいじゃないか」

矢萩はいいふくめるような笑みを浮かべる。そういわれてしまうと、ぼくにはもう反論できなかった。

「それよりも、水森がそんなふうに必死になってくれたことが嬉《うれ》しかったよ。俺にとっては充分な収穫だな」

「茶化すなよ」

「茶化してない。ふたりで暮らすことはまた時機を見て、考えればいい。水森にはまだその覚悟がないだろ。嫌味をいうわけじゃないけど、俺と暮らすことの意味がほんとにわかってるのかなと思うよ」

「おまえがちゃんと考えてたっていうなら、暮らしたいよ。俺はいまからだって……」

再び必死になっていいつのると、矢萩はどこか険しい顔つきになってぼくを見つめた。

「いいのか？」

「え――」

矢萩はふっと表情を和ませる。そして、笑ったまままいった。

「俺と一緒に暮らしたら、いざ別れようってときに、大変になるよ」


まだ夜明け前に目が覚めてしまい、頬を刺す冷気から逃げるように布団のなかのぬくもりに沈み込んだ。

豆電球の明かりの下、ちらりと目線を上げて確認した枕元の時計の針は五時を少し過ぎたところだった。あまり眠った気がしない。

あと少し――そう思いながら再び眠りに入ろうと思った矢先、意識をふっと引き戻されたのは、鼻をかすめた煙草の匂いのせいだった。

そういえば、矢萩の姿がない。

ねぼけた頭のまま視線をめぐらせると、足下のほう――ベッドを背もたれにして床に腰を下ろして煙草を吸っている横顔が見えた。手にしている煙草の先から、静かに白い煙がのぼっていく。考えごとでもしているのか、いまにも灰が落ちそうだった。

「矢萩」

声をかけると、矢萩はびっくりした様子で振り返った。心ここにあらずといった風情が気になって、ぼくはあわててからだを起こした。

「矢萩……どうした?」

矢萩はすぐにはぴんとこない様子で、ぼくの顔を見つめ返した。不可解な視線の意味がわからなくて、ぼくは首をひねる。

「なんだよ?」

少しの間のあと、矢萩は床に置いた灰皿に煙草の灰を落としてから、かすかに笑った。

「いや。さすがに水森が怒って、口をきいてくれないかと思ったから」

眠りに落ちる前の出来事が少し遠くなっていたせいで、いわれて初めて、そういう反応をする場面だったかと思い出す。

(俺と一緒に暮らしたら、いざ別れようってときに、大変になるよ)

あのあと口論になりかけたものの、矢萩はいつもの飄々とした調子で「たとえばの話だよ」とまったく取り合ってくれなかった。いいかげん腹を立てたぼくは、ひとりで先にベッドに入って寝てしまったのだった。

そのうちに、矢萩も布団のなかに入ってきた。寝たふりをして無視していたのだが、後ろから抱きしめられて身動きがとれなくなった。

最初はからかっているふうだったのに、ぼくが徹底して拒絶していると、やがて少し強引ともいえるやりかたでからだをつないできた。「やめろ」といおうとしたけれども、どこか切羽詰まった声で「水森」と名前を呼ばれて、抵抗することができなかった。

押さえつけられて、いったん熱を吐きだされたあとに再び続けて揺すぶられた。

終わりがないように突き上げられるので、愉悦に意識をからめとられながらも、目では必死に不安を訴えた。

なだめるように見つめ返してきた瞳はどこかせつなげで、熱に浮かされながらもどうしようもないんだといいたげだった。ぼくのなかを穿つ矢萩の欲望は激しさを増すばかりで……。

腰のだるさに交情の名残《なごり》を覚えながら、ぼくは矢萩を睨みつけた。

「怒ってほしいなら、いまから怒るけど」

「いや。いま少し待ってくれ。静かな夜明けだし」

矢萩は小さく笑うと、ベッドに腰掛けなおして、新たな煙草に火をつけた。

煙草をくゆらせながら、伏し目がちになっている整った横顔。

怒る気にもなれないのは、昨夜の行為の最中に普段の矢萩らしくないものをずっと感じていたからだった。強引な抱擁のなかにも、なにか必死で、すがりつくような熱。

矢萩の指先に挟まれた煙草の先から、うっすらと朝靄《あさもや》みたいな煙がたちのぼる。

静寂に融《と》け込んだようにゆったりと煙草を吸う男の動作に目をこらしているうちに、ぼくはしゃべることを忘れてしまいそうになった。ひっそりとした明け方の空気は、たしかに声を荒立てるのをためらわせるような厳かな雰囲気があった。清涼な空気に洗われるようにして、昂《たか》ぶった感情の記憶が静まっていく。

たとえ昨夜のことを問い詰めたとしても、矢萩はなにも答えやしないだろう。

例え話にしても、「別れる」なんて縁起でもない。そういったことを軽々しく口にした矢萩に腹を立てたけれども、誰だって口がすべることはある。いちいち問い詰めなければならないものでもないから、今日はこのままやり過ごしてもいい。

だが、いくらこうやって黙ってそばにいても、互いにぶつけあうはずのものをしまいこんだままでは、そのうちに限界がきてしまうような気がした。

「――ごめん、水森」

矢萩はふいに煙草を灰皿に押しつけると、ぼくの腕を引き寄せて、頬に軽くキスしてきた。

淡いキス。

空気が肌をなでていったような、ふれたかふれないかの接触だった。まるでいまにも消えてしまいそうな……。

そんなキスをされたのは初めてで、ぼくは茫然《ぼうぜん》と矢萩を見つめた。

「昨夜、変なことをいったことは謝るよ。俺は水森のことになると、すぐに弱気になるんだ」

矢萩のほうから昨夜のことに言及してくるとは思わなかったので、ぼくはよけいなことを口にするまいと決めて、「どうして？」と問い返すだけにとどめた。

「……どうしてだろうな」

矢萩は苦笑してから、ぼくの腕を離して、そのまま仰向《あおむ》けにベッドにどさりと倒れ込む。

「俺はおまえの負担になるようなことはしたくないと思ってる。だけど、実際は俺がしたいことなんて、おまえの負担になるようなことばかりなんだ」

いつものようにからかわれているのかと思ったが、少し奇妙な口調だった。

「矢萩……？」

表情を覗き込もうとしても、矢萩はまるで隠すように目許を手で覆ってしまう。わずかに開かれた唇から、静かなためいきが洩れる。

とても静かすぎて――不安になるほど。

「離れてたときは、思ってたんだ。おまえにいつ本気でつきあう彼女ができて、結婚するといわれても、きっと笑って祝福できるだろうと――。電話するたびに、彼女ができたかどうか訊いてただろ？　ありがたいことにずっと離れたところに住んでいたから……みっともないところを見せることもなく、ちゃんと祝福してやれる自信があった。実際、学生のときはおまえに彼女ができても、うまくやれてたんだ。勤めだしてからも……そばにいる時間が少なかったときは、同じようにやれると考えてた」

矢萩はそっと目許を覆っていた手を外して、不思議に揺らいだ瞳でぼくを見上げた。

「だけど、これからは――？　そばにいても、それは可能なのかな。おまえがほかの誰かと幸せになるのを、俺は祝福できるのかな」

そう呟くように問いかけると、矢萩はぐったりと再び額に手をあてて、しばらく動かなくなった。

背筋にひやりとしたものが走る。心臓の動悸《どうき》が高鳴って止まらない。

「なんで、いまさらそんなことというんだ？　俺はおまえと……ほかの誰かとなんて……」

「そうだな。水森は俺の気持ちに応えてくれた。いまはもうそんなことを心配する必要もないんだよな」

まるで棒読みのような台詞。どんな顔をしていっているのか、その表情を知りたいと思った。目許を隠している指を引きはがそうと手を伸ばしたとき、矢萩は再び髪をかき上げながらぼくを見上げた。

「これもたとえばの話だよ。さっきもいっただろ？　俺は弱気なんだ。美佳ちゃんにいいようにしつけられてる木田と同じだよ。水森も俺を好きなようにしつけてくれよ」

そのまま自嘲するように笑いながら身を起こしたので、ぼくは伸ばしかけた手を引っ込める。

ふれようとした手は、ひんやりとした夜気のなかで空振りしたまま——なにもつかめない。いつもそうだ。おまえはいつもそうやって冗談みたいな言葉で、本音をすぐにごまかしてしまおうとするんだよな……。

俺はいったいどうしたらいいんだ？

「智彦——」

思わず名前で呼んでみると、矢萩は驚いたように振り向いた。

ふたりのあいだにある重苦しい空気を吹き飛ばしたい一心だったのだが、効果があったらしい。矢萩の口許がおかしそうに微笑んだ。

「どうした、いきなり」

まさか堀田とのやりとりを思い出して——とはいえない。

「いや……いきなり名前で呼ばれると、ドキリとするだろ。意外性が、心理的な効果を呼んで、気持ちを高揚させるというか……」

「誰の受け売り？　そんなふうに整然と説明されると、こっちはドキリとする暇もないんですけど」

それでもまんざらでもなかったらしく、矢萩は手を伸ばしてきて、「きてくれ。それじゃドキドキしたくても遠い」とぼくの腕を引いた。ぼくはされるままになって、からだを寄せる。背中に腕を回されて、ぎゅっと抱きしめられた。

「あったかくていいな」

「馬鹿。おまえ、冷たいよ。そんなシャツ一枚で、座ってるからだろ……」

いつから布団から抜けだして、ああやって煙草を吸っていたのか。矢萩のからだはすっかり冷え切っていた。

矢萩はぼくを抱きしめたままそっと体重をかけてきて、ベッドの上に押しつける。冷たいからだが、ぴったりと密着してきた。

「水森——耳もとで、さっきみたいに『智彦』って名前を呼んでくれないかな。かわいく、かすれた感じの声で」

「馬鹿、おまえ、なに調子に乗って……」

「他愛のないお願いなのに、きいてくれないのか」

「なにが『お願い』だ。かわい子ぶるな」

「駄目か？」

とぼけたように迫ってくる顔から目をそらそうとしたけれども、両頬をしっかりと手のひらで包み込まれて逃れられない。なおかつじっと見つめてくる瞳の熱に負けるようにして――。

「……智彦」

首すじに腕を回しながら囁いてやると、矢萩は満足したような息を吐いた。

「――最高」

深く唇をかさねられる。全身を包み込まれるような熱い肌のぬくもりに酔って、吐息が乱れる。

ほっそりとした長い指先が、肌の上を這《は》い回るたびに、背がしなった。

「……ん」

ほどなくして、昨夜さんざん穿たれた狭い場所に、欲望を伝えるそれが入り込んできたときには、頼まれてもいないのに声が洩れた。

「……智彦、あ――」

からだをつないでいるあいだは、わだかまりなど溶けてしまって、それですべてが解決したように思える。

けれども、肌のふれあいで生まれるぬくもりはいっときだけの効果しかもたなくて、心まであたためてくれるとは限らない。

別れると決めていたって、ひとは抱きあうことができる——。

終わったあと、矢萩の寝顔を見つめながらそんなことを考えている自分に気づいて愕然《がくぜん》とする。

これではまるで矢萩の弱気が伝染してしまったみたいじゃないか。

——さびしい距離がある。

こんなに近くにいるのに、ふれれば熱くなるのに、どこか冷たい。

ボタンの掛け違いのような、ほんの少しのすれ違いが、ぽっかりとした闇《やみ》を生む。ふとしたときに覗くその昏《くら》さが、ぼくをたまらなく不安にさせるのだ。

4

結局、その週に矢萩が部屋を決めることはなかった。

ひと眠りして次に目が覚めたとき、矢萩は弱気なのだといって洩らしたことについては一言も説明しなかった。

（おまえがほかの誰かと幸せになるのを、俺は祝福できるのかな）

あんな台詞はまるで夢のなかの出来事だったとでもいうように——。

なぜ、あんなことをいったのか。

表向きはなんでもないようでいて、その水面下でなにか変化が起こっている。矢萩はぼくに黙ったまま、何事かを考え抜いて、すでに結論をだしてしまっているように思えてならなかった。

だから、いまはもう一緒に暮らすことを「考えてない」という矢萩に対して、そのことで食い下がってもどうしようもない気がした。

部屋のことはひとまず置いておくとしても、どうして矢萩がいきなりぼくとの別れを想定したような不穏なことばかりを口にするのかが気になった。

ぼくが一緒に暮らすことを思いもつかなかったから？

でも、矢萩は自ら「時期じゃないから」、その件は口にしなかったといった。本人もいっていたとおり、自分からきちんと伝えていないのに、「相手が気づいてくれなかった」と嘆くわけがない。

じゃあ、いったいなんであああいう態度になる——？

思い当たることといったら、樋口のことしかなかった。タイミング的にも当てはまる。本人は「気にしない」といったけれども、堀田がまた思わせぶりな伝え方をしたのではないだろうか。

週が明けて、とりあえず堀田を問い詰めてやらなければ気がすまないと思いながら、職場に出勤した。

昼近くになって、名古屋の久本から「金曜日はお疲れさま」というメールが入った。そこに書かれていた気になる一言に、目を瞠る。

『畑山《はたやま》@環境企画室となにかあった？』

環境企画室の畑山——仕事で間接的にやりとりがあったかもしれないが、すぐには思い出せなかった。

社内の人間とのトラブルの種は、どんな小さなものでも気になる。ましてや、自分には覚えのない名前とくればなおさらだった。

勝手に妙な噂でも立てられてるのかと思い、ぼくは昼休みになると、すぐにオフィスから出て、久本に電話を入れた。

「環境企画室の畑山がどうした？　俺、あんまりつきあいないはずだけど」

『いや。このあいだ、一緒に本社に行ったメンバーなんだけど……あいつ、俺にわざわざ電話かけてきてさ、おまえのことを根掘り葉掘り聞いてたから。懇親会のときに見かけたらしいんだけど』

「記憶にない」

『樋口のいまの彼氏だけどな』

いわれて、ようやくピンときた。

「あ……ちょっと優男の」

『そうそう、優男の。おまえら、タイプ似てるよな。樋口の好みって一貫してるな』

愉快そうに笑われて、ぼくは不機嫌に話の先を促す。

「――それで？」

『いや、だから、あいつの実家って都内なんだよ。それで今日は年休とっててさ。まだ、そっちに残ってるはず。今日あたり、おまえのところに訪ねていくかもよ』

「なんで、俺のとこに？」

『そんなくちぶりだったもんよ。なんでかなんて俺は知らないけどさ。樋口のことで、話でもあるんじゃないの？』

「俺は樋口とはもうなんの関係もないぞ」

『だから、相手もそれをたしかめたいんじゃないの？　おまえを実際に見て、不安になったのかもな。ほら、樋口、転勤するだろ。そっちに行って、元カレに鞍替《くらが》えされたらどうしようって思ったんじゃないの』

「そんなの、俺にいまさら……」

といいかけたところで、階段のところにぼくを探しにきたらしい堀田と目が合った。

「水森さん、昼行かないんですか」

「……行く。ちょっと待って」

ぼくは久本に「とにかく畑山とやらの誤解をといてくれ」と頼んでから、電話を切った。

堀田は目を丸くしている。

「水森さんが声を荒げるなんて珍しいですね。大丈夫ですか？」

「トラブル続きで……」

いいかけてから、ぼくははっと堀田を睨みつけた。

「そういえば、おまえ、矢萩に樋口のこと話しただろ？　どんないいかたしたんだよ。おおげさなことをいったんじゃないだろうな」

いくら気にしないといっても、矢萩はいまの時期、引っ越しや転職が重なって、かなり気が張りつめているはずなのだ。そこに思わせぶりなことをいわれたら……。

「え？　たしかにいったけど……でも、軽く笑われただけでしたよ。『その彼女のことなら、俺も前に聞いたことがある』って。そうですよね。水森さんとつきあってた彼女のことなんて、矢萩さんは全部知ってるんですよね。全然動じてなくて、つまらなかったな」

てっきり堀田のせいだとばかり思っていたので、ぼくは唸《うな》るしかなかった。

しかし、いわれてみれば、たしかに矢萩が堀田の話に動揺するわけがない。なにをいわれても、話半分ぐらいに聞いているはずだ。

「まったく動揺してなかった？」

「ええ。四月から横浜だから、会う機会も増えるでしょうねえっていっても、あまり興味なさそうに『そうだな』って頷いてただけでしたよ」

ぼくはますますわからなくなった。

(俺と一緒に暮らしたら、いざ別れようとしたとき、大変になるよ)

(ほかの誰かと幸せになるのを)

樋口が理由ではないとしたら——。

あんなことをいった原因はなんなんだ？

遠距離でうまくいかなくなるならともかく、四月からはそばにいられるというのに、どうしてこんなふうにこじれなければならないのか。

食欲などなかったが、とりあえず昼食をとることにしてエレベーターに乗る。堀田がぼくの顔をうかがうように見た。

「懇親会どうでした？」

「まあまあ」

「樋口さんと話しました？」

「そりゃ話したけど……」

堀田が原因ではないとわかっても、ぼくは恨めしく思わずにはいられなかった。

「おまえ、俺が誰となにをしようと、矢萩によけいなこといわないでくれないか。いつか『矢萩の味方だ』って自分でいってたろ？　なんでひっかきまわすようなことするんだよ」

「そして、『好きなのは水森さんだ』ともいいましたよ？」

ちらりと横目を向けられて、ぼくはぎくりとした。ふたりきりのエレベーターのなかで、堀田はすっとぼくの隣に身を寄せてくる。

「矢萩さんも、もっと俺を警戒してもいいのにね。水森さんもそうだけど。ふたりそろって、俺をなめてくれますよ」

「いや。なめてるわけじゃ……おまえを信用してるというか。矢萩も口ではいろいろいうかもしれないけど、おまえを買ってるというか」

「知ってますよ。矢萩さんはね、いい男ですもん。あのひとは俺のことからかってるようでいて、けっこう気を遣ってくれますしね。このあいだ、飲みにつれていってくれたのもそう。いい店に連れて行ってくれたし。そして、水森さんは、全っ然、俺に気を遣ってくれないんですよね。普段の言動からして」

そのとおりかもしれないが、いいたいことをいわれて、ぼくはさすがに腹が立った。

「おまえ、そんなに俺が駄目で、矢萩がいいっていうんなら、俺になつくのをやめればいいじゃないか」

堀田はあきれたように「――なついてるわけじゃなくて」と嘆息した。

「いい男だから好きになるわけじゃないですよ。俺がかまいたくなるのは、駄目でもなんでも水森さんなんです。矢萩さんじゃない」

かなり失礼なことをいわれているのに、今度は無言になるしかなかった。いつもなら「ふざけたことというな」といいかえせるのに、密室のなかでは妙な緊張が走る。

本来、堀田にはいつもこうしたぴりぴりした気持ちを抱いていてもいいはずなのに、壁をつくりたくないばかりに忘れているのだ。地階に着いて、エレベーターの扉が開いたときには、ぼくはほっと胸をなでおろさずにはいられなかった。

地下の飲食店街を歩きだしながら、気まずい思いで黙り込んでいると、堀田は苦笑いしながらぼくを振り返った。

「大丈夫ですよ。さっきは変なこといいましたけど、一度きっぱり振られてるから、しつこくしたりしません。俺、あきらめはいいほうなんです。だけど、水森さんが駄目だったから、すぐに他の相手が見つかるわけじゃないし。しばらくは先輩たちのこと気になっちゃいますよ。しょうがないでしょ」

ぼくは「すまない」とうなだれるしかなかった。

「たしかに俺はいろいろ無神経なことをいってると思うよ。だけど、おまえとは……学生のころから一緒だし、変にぎくしゃくしたくないから、いつも通りに言葉がでるんだ。……意識して、いままで通りじゃなくなるのはいやなんだ」

「――それもわかってますよ」

堀田は仕方がないなといいたげに小さく息をついた。

「早く俺が意地悪する気もなくすくらい、矢萩さんとラブラブになればいいじゃないですか」

「……そう簡単にいうなよ」

「このあいだ、水森さんが自分でいったんですよ。矢萩さんとは『ラブラブだ』って」

たしかにあのときはそう思っていた。あれからまだ数週間しかたっていないのに、いったいどうしてこんなことになってしまったのか。もうすぐ矢萩が帰ってくる。それが待ち遠しいばかりだったはずなのに。

堀田はあれこれと事情を聞きたがったが、ぼくはとうてい話す気にはならなかった。

昼食を終えて、オフィスの自分の席に戻ると、いきなり背後から聞き慣れない声に話しかけられた。

「水森さんですよね」

振り返ると、懇親会の夜に樋口と一緒に帰った男が立っていた。

「畑山といいます。金曜日に、懇親会で……」

線が細く、整った顔立ち。話し方からして、真面目《まじめ》で神経の細かそうな男だった。

ぼくが「なにか」とたずねると、男は静かながらも威圧的な眼差《まなざ》しをして、声をひそめた。

「突然失礼ですが、帰りに少しお時間いただけませんか。樋口のことでお話があります」


いくら久本に「おまえを訪ねていくかもよ」と忠告されても、まさかほんとにくるとは思っていなかった。

ぼくは半ば茫然としたまま、「それじゃ、仕事が終わったあとに」と畑山と約束してしまい、午後中ずっとどうしたものかと頭を悩ませるはめになった。

久本は案外口が軽いから、「ほんとにきたぞ」と報告するのはためらわれたし、いっそのこと樋口に連絡しようかとも思ったが、それもことが大きくなるだけだと考え直した。

結局、ぼくが彼氏の誤解をといてやるのが一番簡単な解決法だという結論に至って、待ち合わせのカフェに赴いた。

「すいません、ほんとに突然。びっくりなさったでしょう」

畑山は礼儀正しく詫びた。オフィスにきたときには、殴り込みかというくらいの静かな緊迫感が漂っていたのに、こうして向き合ってみると、どちらかというとおとなしくて、控えめな物腰の男だった。

事前にイントラネットで部署情報を見て、名前の序列から少なくともぼくよりも年下だということはわかっていた。「何年目なの」と訊くと、思った通り三年も後輩だった。

「率直にいうけど、樋口さんと俺が以前につきあってた件だよね？　きみが俺に話があるっていったら、そのくらいしか思いつかないんだけど」

「ええ」

畑山の表情がにわかに硬くなった。いくら先輩でも、恋敵《こいがたき》には変わりがないということなのか。

「きみがどう考えてるのか知らないけど、樋口さんとは、このあいだの懇親会でほんとに数年ぶりに話をしただけだよ」

「あなたのことを、『カッコイイひとでしょう』っていってましたよ。それに……どうも最近、彼女の様子が変なんです。あなたが関係してるとしか思えなくて——もし、なにかおふたりが約束をしてるんだったら、はっきりと教えて欲しいんです」

「約束？」

「彼女、転勤になるでしょう。こっちにきたら、その……」

「また、俺とつきあうとでも？」

懇親会で話をしただけで、いったいどうしてそこまで話が飛躍するのか。

よくよく話を聞いてみると、畑山のほうが樋口を好きで、ようやくつきあえると思った矢先に、転勤の話が出たらしい。それからというもの、樋口の態度がそっけなくなってきたのを気にしているらしかった。

長年つきあっているならともかく、つきあいはじめたばかりで遠距離になるのなら、ひょっとしたら樋口は畑山とのつきあいそのものを見直そうとしているのかもしれないな――と思ったが、さすがにかわいそうなので、その見解は告げないでおいた。

なんにしても、いまでは互いに連絡をとりあってるわけでもないのに、樋口とぼくがどうにかなっているのではないかと邪推されるのはいい迷惑だった。

しかも、根拠は懇親会のときにぼくと樋口が話しているのを見かけただけだというから、ここまで思い込みが激しいとは――よほど樋口を好きで我を失ってるのか。

その心情を察してしまえば、同じ社内の人間であるぼくを「ちょっと顔をかせ」とばかりに呼びだした若い男のことを、それほど責めることもできなかった。

自分のことすらうまくいっていないときに、ひとの恋愛沙汰《ざた》に巻き込まれるのは災難ではあったが、みんな苦労しているのだと思うと、致し方ないかという気持ちにもなる。

矢萩にこの話をしたらなんていうだろうか、とふと考えた。目の前の男を「俺には関係ない」と突き放してしまうのは簡単だが、そんなことをしてしまったら、「水森はキツイからな」と笑われそうな気がする。もっとやさしくしてやればいいのに――と。

「とにかく……理解してもらうしかないんだけど、俺は樋口といまはメールのやりとりさえしてないんだ。彼女が転勤になっても、同期としてのつきあいしかないと思う。樋口だって、俺のことなんか、このあいだ顔を見るまで忘れてたと思うよ」

「……あなたとも転勤で離れてしまって、うまくいかなくなったんだっていってました。だから、今度も……俺とも駄目かもしれないって……」

まだ癒《い》えない古傷に塩を塗り込まれたようで、ぼくはさすがに顔をしかめた。

以前、離れてしまったときに、たしかにつきあいつづけるためになんの努力もしなかった。樋口に対する感情がどうのこうのというよりも、その未熟さが恥ずかしいという気持ちのほうが強い。

あらためて過去を振り返るのはキツイものだな――と思いながら、ためいきを洩らす。

「じゃあ、きみはそうならないように頑張るっていえばいいじゃないか」

もっともらしいことをいいながら、ふとぼくは小さく笑った。

畑山は馬鹿にされて笑われたとでも思ったのか、「そのとおりですよね」と恐縮したように答えたが、ぼくが笑ったのは自分自身だった。

「樋口さんと話しなよ。俺なんかとじっくり話したって、きみだってつまらないだろ」

他人のことはこんなふうに気楽に口をだせるのに、どうして自分のことになるとてんで駄目なのか。それを考えると情けないやらおかしいやらで、笑いが込み上げてきたのだ。畑山がまた素直に「はい」と頷くものだから、さらに口許がゆるんだ。

――ぼくにも、きっちりと話をしなきゃいけない相手がいる。

『それで？　元カノの彼氏に呼びだされたわけ？』

電話口の矢萩の声はひどく楽しそうで、笑いをこらえているようでもあった。

仕事が終わってから、初対面同然の男と愉快とはいえない話をしたおかげで、ぼくは少しばかり消耗していた。

「笑うなよ。こっちは声をかけられたときには、心臓止まりそうになったんだから。同じ社内の人間だっていうのに、よくあんな大胆な真似ができるよ……。俺が社内の誰かにいいふらすようなタイプだったら、どうするんだ。転勤する彼女がいくら心配だからって、俺とはろくに面識がないんだぞ。いきなり押しかけてくるなんて、なにを考えてるんだ」

『水森サンはきっと口が堅くて誠実なひとだって、ぱっと見ただけでわかったんじゃないか』

「そんなの、一回ちらっと目が合っただけなのに、わかるもんか」

『必死なんだよ、彼氏も。あまり意地悪いわずに、やさしくしてやれよ。彼女に夢中なんじゃないか？　まだつきあいはじめなんだろ？　しかも彼氏の方が三つも年下じゃ、せつないよな』

「……おかげで、怒る気力もなくしたよ」

きわめて穏やかな話し合いだったが、それでも慣れない修羅場《しゅらば》もどきのせいで、ひたすら気力と体力を奪われたような脱力感があった。

だが、どうしても今夜のうちに矢萩に話をしておかなくてはならないと思ったので、電話をかけたのだ。

『――で？　くだらない噂話があまり好きじゃない水森サンが、俺にそんな話を事細かに聞かせてくれるのはどうしてなんだ？』

矢萩が鋭く突っ込んでくる。

「おまえにはちゃんと話しておこうと思ったんだ。樋口が関係してるから……万が一、堀田やほかの誰かから、間違った情報がいくと困るから。俺といまの彼氏が、樋口をめぐって争

ってるとかさ」

『なるほど』

ぼくは一瞬迷ってから、言葉を添えた。

「それに、おまえにつまらないことで誤解されたくないから」

最近、すれ違ってしまっているのは、ぼくの言葉が足りないせいかもしれない——と思ったのだ。

相手を問い詰めるよりも先に、ぼくのほうから考えていることを伝えなくては。

『うれしいよ。水森がそうやって俺に気を遣ってくれるなんて。隕石《いんせき》でも落ちてくるんじゃないかな』

小憎らしくそういわれて、いつもならやり返すところだったが、最近同じようなことばかりいわれるのでさすがに気落ちした。

「俺、そんなに普段、気を遣ってないか？　堀田にもこのあいだそういわれたんだよ」

『いや、水森らしくていいんじゃないか。俺にはわかりやすくていい。おまえは正直だからな。ほほえましいよ』

「それってほめてないよな？」

ぼくが正直でわかりやすい？　ぼくにはおまえがわからないことばかりだよ。そういってしまいたい言葉を呑み込む。

わからないと文句をいうのではなくて、ぼくはわかるようになりたいのだ。矢萩の隣に並ぶのは自分しかいないと思っているのだから。やつがどう思おうと、そう決めてしまっているのだから。

ぼくのほうから、矢萩の気持ちに近づいていかなければならない。

樋口とのことにヤキモチをやいているのでなかったら、どうしていまは一緒に暮らす時期ではないといったのか。

遡《さかのぼ》れば、木田のうちに一緒に遊びにいったときから、少し様子がおかしかった。

それはなぜなのか。

たとえほんの少しのことから生じたすれ違いだとしても、小さな溝のうちに修復してしまいたかった。なぜなら——。

「樋口の彼氏と話してるとき、俺、おまえの顔が思い浮かんだんだよ」

今夜電話をしたのは、誤解されたくなかったせいもあるが、いまの正直な気持ちを伝えたいからでもあった。

時間がたつと、そのとき感じたことも、つまらない意地などで微妙にかたちを変えてしまうから、そのまえに——。

『俺の顔が？　なんで？』

「いや……なんでか知らないけど。結構そういうことがあるんだ。切羽詰まったときとか、ほんとにごく普通のなんでもないときでも、矢萩だったら、こういうとき、なんていうだろうって考えるんだ。樋口の彼氏があまりにも一方的に誤解してるから、バサリと切ってやりたかったんだけど、おまえだったらきっと『あんまり責めてやるなよ』とか『やさしくしてやれよ』とかいうだろうと思って……そしたら、やっぱりおまえは俺が思ってたとおりのことをいった」

小さく笑いを洩らすと、矢萩もつられたように笑った。

『じゃあ、一途な彼にキツイことといわなかったのか』

「思いとどまった」

『そりゃよかった。水森にキツイことといわれるのって、慣れると案外クセになるんだけど、初心者にはしんどいからな。知らないところで、俺も役に立ってるんだな』

「そうだよ……」

ぼくの頭の片隅には、いつも矢萩がいる。まるですでに自分の一部にでもなっているみたいに。

だから、「たとえばの話」でも、別れるかもしれないという話はしてほしくなかった。

先日、そばにいるのに淋《さび》しい距離を感じたことを思い出してしまうと、なんともいえない気持ちになる。真意を問いただしたいのに、不用意に話題を蒸し返すことも怖くて。

「今週は——おまえ、くるの？　部屋、決まってないだろ。さすがにもうそろそろ決めなきゃいけないだろ」

『行くよ。ただ、ちょっと忙しいから、今週は金曜日に仕事が終わってすぐってわけにはいかないな。土曜日の午後一番ぐらいかな』

「そうか」

次に会ったら、いくらはぐらかされても、先日の不可解な言動の意味をきちんとたずねなければならない。

（一緒に暮らしたら、いざ別れようってときに、大変になるよ）

どうしてあんなことをいったのか。

そして、問いただす前に、ぼくの気持ちをきちんと伝えておきたい。

なぜ矢萩が東京に帰ってこられるというのに、不穏なことばかりいうのかわからないが、少なくともぼくはそばにきてもらえることがうれしい――そう思っていることを。

待ち遠しくて、待ち遠しくて。傍目《はため》にはなかなかそうは見えないかもしれないけれども、おまえが帰ってきてくれることで、ぼくはいつになく浮かれていたくらいなんだ。

ただうれしいだけで、部屋がどうのこうのというところにまで考えが及ばなかった。それはおまえの好きにすればいいと思って。

ぼくにとっては、そばにきてくれる事実だけが大切で。ほかのことはなにも考えられなかっただけで……。

いまにも口から言葉があふれてしまいそうになるのをこらえる。

「じゃあ、土曜日に。……待ってる」

――待ってる。

その言葉を口にして電話を切った途端に、胸が痛んだ。

もしかしたら心が離れていくのかもしれないと考えるのはつらい。

もうすぐ――と心のなかで呟きながら、ずっと帰ってきてくれることを待っていたのに。


土曜日――気がつけば、三月も半ばを過ぎていた。

春は確実に近づいていて、朝目覚めたときに部屋を包み込んでいる空気も少しやわらいでいるようだった。窓を開ければ、以前はどこか冴《さ》え冴《ざ》えと白く見えた太陽の光も、いまは蜜色の輝きを含んだように見える。

午後にならないと矢萩はこないとわかっていたのに、朝からぼくはそわそわして落ち着かなかった。

空気を入れ換えながら掃除をしているうちに、この部屋で暮らしはじめた学生のころを思い出した。そのころから矢萩は部屋に出入りしていたけれども、友達同士からいまのような関係に変わるとは思ってもみなかった。矢萩もおそらくそんなふうには考えていなかったのだろう。ぼくとの関係が変わったことを「夢みたいだ」——やつはそういった。

どんなに夢のように見えても、想いは日常のなかで積みかさねられていく、感情の記録。導きだされる答えは、むしろ必然的なもの。

結論がでるのにあまりにも長い時間がかかりすぎると、まるで奇跡が起こったみたいに感じるけれども、冷静に自分の心の道のりを辿《たど》れば、結局はひとつの方向しか指し示していないことに気づく。だから矢萩のことも……。

正午を少し過ぎたころ、インターホンが鳴ったので、ぼくはてっきり矢萩だと思い、たしかめることなく玄関のドアを開けた。

立っていた人物が、びっくりしたように目を瞠る。

「——樋口?」

矢萩ではなく、そこに立っていたのは樋口理美だった。

てっきり矢萩だとばかり思っていたので、ぼくは瞬きをくりかえすしかなかった。

「あ、ごめんなさい。誰かお客さんがくるところだった?」

期待が外れたというぼくの表情に気づいたのか、樋口は申し訳なさそうにする。

「あ……いや……そんなことは」

あまりにも驚いたせいで、ぼくの返答も要領を得ないものになった。それにしても、どうして樋口がいきなりぼくのアパートを訪ねてくるのか。

「——変わってないのね、ここ。ほんとにまだ同じところに住んでたんだ」

ひとの気も知らずに、樋口は呑気《のんき》に首をめぐらせて、周囲の風景に目をやる。

「駅からの道をちゃんと覚えてるかどうか不安だったんだけど、実際にきてみたら、ちゃんと辿り着けたわ。我ながら記憶力がしっかりしてる」

「樋口、あの……」

こんなところで立ち話をさせるのもなんだが、もうすぐ矢萩が訪ねてくるので、部屋に上げるわけにもいかない。

どうしたらいいのか途方に暮れていると、樋口がおかしそうに笑った。

「そんな困った顔しないで。いったでしょう？　部屋探しで、土日はこっちの友達の家に泊まってることが多いの。なにも、水森くんとヨリを戻そうと思って、訪ねてきたわけじゃないから安心して。そういうふうに勘違いしてる早トチリさんもいるみたいだけど」

そして、おもむろに手にしていた包みをうやうやしくぼくへと差しだす。

「どうぞお受け取りください。ほんのお詫びの気持ちです。畑山くんが馬鹿なことをいいにいったんだって？　ごめんね、迷惑かけて。甘いものはそんなに好きじゃないだろうから、中身は明太子なの。食べてやって。そして、できれば、畑山くんのこと、悪くいわないでやって」

「――ああ、あの一途な彼氏……ひとりよがりの」

どうして樋口がぼくを訪ねてきたのか、ようやく納得がいったので、思わず本音が洩れてしまった。包みをかかげていた樋口の手が、ぴくりと震える。

「あ、ごめん。悪い意味じゃ……」

「いいのよ。ほんとのことだから。それに、水森くんがやさしげな顔して、さらりとキツイことというのは承知済み」

遠慮のない言葉を返されて、思わず笑いがこぼれた。

「最近、俺もそれを否定できなくなってきたよ。よくいわれるんだ」

「そうでしょう」

樋口が声をたてて笑ったので、ぼくもつられて笑った。

懇親会で会ったときには気を遣った会話しかできなくて肩が凝ると思っていたのに、こうして自然に笑いあえるのが不思議だった。

彼氏の畑山の存在がクッション材になって、いい意味で距離感ができたせいだろうか。

「水森くん、けっこう顔が広いから、畑山くんのことを余所《よそ》で悪くいわれないかと心配になったのよ。お願いだから、ほかのひとに変なことといわないでやって」

「俺はそんなおしゃべりじゃない。悪いけど」

「わかってる。でも……そうね、わたしが水森くんとちょっと話してみたかったのかも。以前と同じアパートに住んでるって聞いたから、ここにもきてみたかった」

　彼氏のことを心配して口止めにきたのかと思いきや、いきなり思わせぶりなことをいわれて、ぼくはぎくりとした。またぎこちない空気を感じなければならないのかと身構えていたら、樋口は悪戯っぽい顔をした。

「そういう意味じゃないんだけどね。水森くんは、全然ドキドキしなかった？　わたしは実は懇親会のときも、久しぶりに水森くんと話すっていうんで、ドキドキしてたのよ。今日、ここにくるときもそう——もしかしたら、なんか新しいドラマが生まれるんじゃないかって。久々に口をきいてみたら、雷に打たれたみたいな衝撃が走るんじゃないかとかね。でも、実際はなにも起こらない。ちょっとなつかしいだけ。このひとは相変わらずぼそりとキツイことというなと思ったり。それだけ」

　危うい期待をさせてくれたわりには、あっさりときれいなオチをつけてもらって、ぼくは苦笑した。

「そんなドラマを考えてるから、彼氏が心配するんだよ」

「水森くんとは遠距離じゃなかったらうまくいってたかもしれないと思ったことがあったから、よけいかもね。奇《く》しくも、わたしもまた今度転勤になって、彼氏と離れ離れだし」

　同じようなシチュエーションでうまくいかなかったぼくのことを、彼氏と遠距離になることが決まったついでに思い出してみたという感じなのだろうか。

どこもみんなうまくいかない問題を抱えている。

ぼくと矢萩は、ようやく距離がなくなるといういまになって、すれ違ってばかりいる。離れて住んでいるときは、そばに住むことができたら、どんなにいいだろうと思っていたのに。

「離れてても大丈夫だよ」

力づけるつもりでそういうと、樋口は少し皮肉げな顔をした。

「水森くんがそういうの？」

たしかにぼくにいわれても説得力がないかもしれない。

だけど、ぼくも樋口とつきあっていたころよりはわずかながら成長している。少なくとも自分の気持ちがどこに向いているのかだけは、はっきりと見えるようになった。そして想いを誰かに届けるためには、じっとしているだけではなくて、伝えようと努力しなきゃいけないことも。

「あのさ……離れていても、頭のなかに相手の声が聞こえるようなことがあって、顔が浮かんできたりして、いつもそばにいるような気がするときがあるんだ。少なくとも、いまの俺の場合はそうなんだけど。そうなったら、もう遠いとは思えなくなる。そりゃ、いつも近くにいてくれればうれしいけど……離れていても、いつも頭のなかにいるみたいに感じるから、たいした違いがなくて」

ぼくがこんなことをいきなりしゃべりだしたのが意外だったのか、樋口は驚いたように目を見開いた。

自分でも、前の彼女にこんなことをとつとつと語るとは思わなかった。樋口と彼氏のことを心配しているというよりは、なにを考えるにしても、ぼくにはその存在が透けて見えてしまうから、話さずにはいられないのだ。

こうやって樋口と向き合っているあいだにも、ぼくの頭のなかに浮かんでくるのは、ただひとりで――。

「相手のことを考えすぎると、不思議とその考えが乗り移って、いつも通じてるみたいに感じられるんだ。樋口は彼氏のことを心配して、今日も俺のところに口止めにきたんだろ。いきなりでちょっとびっくりしたけど……樋口がそんなことするなんて、頑張ってると思うよ。だから、大丈夫。きっと大丈夫のように俺には思えるよ。あの一途な彼氏は、すごく樋口のこと好きみたいだし」

少しでも元気がでるような言葉をかけてあげるつもりだったのに、結局、自分のことをべらべらと語っただけのような気がしてきた。

まるで珍しいものを見るような視線を向けられて、ぼくはさすがに照れくさくなる。

「水森くんにも、そういう相手がいるの？　離れてても大丈夫なひと」

「大丈夫じゃないけど、頭のなかに住んでるんだ。もう追い出せない」

「それは見ならわなきゃね」

樋口はおかしそうに笑うと、「はい」とあらためて包みを差しだした。

「もらってやってくれる？　貴重な話を聞かせてくれて、ありがとう。結構力づけてもらったみたいよ。四月になったら、こっちにいる同期を集めて飲み会でもやりましょう」

「――ああ」

ことわろうかとも思ったが、せっかくだからありがたく頂戴《ちょうだい》することにした。包みを受けとろうと手を伸ばしたそのとき、ちょうどアパートの階段を上ってくる足音がした。

何気なくそちらのほうに目をやると、現れたのは矢萩だった。ぼくの部屋の前に立っている樋口を見て、わずかにその表情が動く。

突然のことだったので、ぼくはどう説明していいのかわからずに焦った顔をしたのかもしれない。

矢萩はどこか茫然としたような目をしたあと、なぜか微笑《ほほえ》んだ。とても静かに、眩《まぶ》しいものでも見るようにゆっくりと目を細めて。

樋口は「じゃあね」と歩きだしてから、途中ですれちがうときに矢萩に軽く会釈《えしゃく》をした。矢萩もそれに応えるように目礼して、ぼくのところまでやってくる。

樋口が階段を下りていくのをたしかめてから、矢萩はぼくと目線を合わせて、手にしていた包みを見やる。

「それは？」

「口止め料の明太子」

「――へえ、水森の好物だな」

呟いた一言にわずかに棘を感じた。ぼくは矢萩に中に入るようにとうながして、ドアを閉めた。

「彼氏が俺にあれこれいったことを謝りにきたんだよ。社内で妙なことをいわないでほしいって」

「わざわざ元彼氏の一人暮らしのアパートまできて？」

皮肉というには、あまりにも静かな問いかけだった。

「……あまり他意はないタイプなんだけど。ちょっといまの彼氏との愚痴《ぐち》を聞いてほしいぐらいの気持ちはあったのかな。誤解されないようにいっとくけど」

矢萩は「そう」とだけ答えると、そのまま室内に入って、床に腰を下ろした。

べつだん怒っている顔つきでもなかったが、表情がいつもと変わらないぶんだけ、よけいにぼくはどうしていいのかわからなかった。とりあえず樋口からもらった包みを冷蔵庫に入れに行く。

部屋のほうに目をやると、矢萩は窓の外を見つめながら、煙草を吸っていた。

その横顔も怒気をはらんでいたり、不愉快な様子を浮かべているわけでもない。

ただ陽気の暖かさに目を細め、鮮やかな青に染まっている空をぼんやりと眺めているふうだった。季節の変化を感じながら、物思いにふけるようにして。

ぼくがキッチンから部屋に入ると、矢萩はふっと我に返ったように灰皿にまだ長いままの煙草を押しつけた。

「——行こうか。不動産屋巡り」

あまりにもごく普通にいって立ち上がるものだから、ぼくはぽかんとした。

「え……」

「つきあってくれるんだろ？」

それはもちろんそのつもりだったが、明らかに先ほどの樋口の訪問に対して、なにか思うところがありそうなのに、その件を詳しく問いただしてこないのが不自然だった。

「つきあうけど……ちょっとその前に、話をしないか。樋口がきたのは——」

「彼氏が誤解して、水森に変なことをいったから、そのお詫びだろ？　聞いたよ」

「そうじゃなくて。なんか、おまえ、おかしくないか。さっき、チクリとくるようなことをいったくせに、まるでなにも気にしてないみたいな……」

「なにも気にしてないよ。水森はちゃんと説明してくれた」

「嘘だ」

「嘘だとかいわれても」

矢萩は困ったように肩をすくめた。少しの間があく。やがて、唇のあいだから絞りだすような声。

「たとえほんとは気にしてたって、俺がそういえるわけないだろ」

聞き逃せないことを口にしながらも、矢萩がさっさと話をしめくくって部屋を出て行こうとするので、ぼくはあわててその腕をつかんだ。

「なんで……？　いえよ？　気にくわないなら、気にくわないっていえばいいじゃないか。おまえが不愉快になるようなことを――もし、俺がしてるのなら、ちゃんといってくれないと困る」

「不愉快なこと？」

ぼくは小さく深呼吸をして、いままでずっと気になっていたことを一気に吐きだした。

「だって、おまえ、怒ってるんだろう？　木田のうちに遊びにいったときから、少し様子がおかしいと思ってた。木田と彼女が楽しそうに暮らしてるのに……俺がまったくおまえと一緒に暮らすことを考えなかったから、いらついてたんだろう？　引っ越す予定はないのか、って訊かれてもなにも気づかずに、俺が馬鹿みたいに鈍感だったから。だけど、俺はただおまえがそばに帰ってきてくれることがうれしくて、ほかのことはなにも考えてなかっただけなんだ。おまえが一緒に暮らそうっていってくれたら、すぐに『そうしよう』って答えた――！」

ひと思いにぶちまけたら、息が切れた。矢萩はややあっけにとられた顔をしていた。やがて小さく笑いながら、腕をつかんでいるぼくの右手をなだめるようになでて、ゆっくりと外させる。

「水森は誤解してる。おまえが鈍いことなんて、俺はとっくに知ってるよ。そんなことで怒るわけがない。このあいだもそういっただろう」

「でも、おまえの様子がいつもと違うことぐらいわかる。いったいなにが気にくわないのか、教えてくれたっていいじゃないか」

必死にいいつのるぼくを、矢萩は静かに見つめていた。そして、口許に笑みを浮かべたまま呟くようにいう。

「腹は立ててるよ。俺自身に——」

翳りが差している瞳を隠すように、わずかに視線を落とす。

「俺が苛立《いらだ》ってるように見えるとしたら、それは自分自身に対してなんだ」

矢萩は再びぼくを見て微笑む。それは先ほどぼくと樋口が向き合っているのを見たときと同じ、あくまでゆったりとした笑顔だった。

なぜ笑うのか。間近でその顔を見ているうちに、楽しいから笑っているわけではなく、口許がゆがむのをこらえるためにそんな表情をしているのだと気づいた。

「やは……」

ぼくがなにかいうよりも早く、矢萩はぼくに向かって腕を伸ばしてきた。

あっというまにとらえられて、引き寄せられる。問いかける前に、唇はふさがれた。背中に腕を回されて、痛いくらいに抱きしめられる。

かさなった唇は、なにも疑問には答えてくれなくて、ただその熱さだけを伝えてきた。キスされているうちに、この世の軸がまるで変わってしまったみたいに平衡感覚が狂った。自分を抱いている男にすがりつくしかないような、甘くゆるやかな眩暈《めまい》。

唇が離れたすきに名前を呼んだけれども、醒《さ》めた感覚を取り戻すどころか、からだの芯《しん》にさらに恥ずかしいような熱がともる。

粘膜がとろけるようにふれあって、むきだしになっているやわらかな口腔を愛撫されていることにただ夢中になる。

からだの力がすっかり抜けてしまって、気がつくと床に膝《ひざ》をついていた。一緒に腰を下ろした矢萩にさらに抱きしめられて、床の上に倒れる。

「……矢萩……」

やめてくれ、ではなくて、まるで「もっと」とせがんでいるみたいに、名前を呼ぶたびに、矢萩はさらに激しいキスを浴びせかける。

脳の中心にじわりと麻薬みたいなものが溶けだして、思考力を奪っていった。

キスをくりかえされるたびに、唇からインプットされる――「この男が好きだ」、「もっとキスがほしい」。そのふたつのことしか考えられないみたいに。

しまいには、なにをいいあいしていたのかすらどうでもよい気持ちになりながら、ぼくは矢萩の背中に腕を回して、しっかりと抱きあいながら夢中でくちづけていた。

耳もとをなでてくれる手がひたすらやさしくて、ぞくりと甘いしびれが走る。

「………ん」

やがて、矢萩がふっと身を離す。いきなり甘い夢から引きずりだされて、冷たい水でもかけられたみたいに、ぼくはぼんやりと目をあける。真上からぼくを見つめている矢萩の瞳は、一枚薄い膜が張ったように表情がつかめなくて――けれども、先ほどぼくに与えてくれたキスの甘い余韻《よいん》からは完全に醒めているようだった。

「なにが気にくわないのか、いえって?」

ぼくの耳もとをなでながら、矢萩は身をかがめ、再び顔を近づけてきた。囁く声に秘められた、激しい慟哭《どうこく》の震えが吐息を通して伝わってくる。

「俺しか見ないでくれ。ほかの誰とも口をきかないでくれ。ほんのわずかでも気持ちを移さないでくれ。過去に関係のあった人間も、全部その心から存在を消してくれ。お願いだ。――そういったら、水森は俺のいうことを聞いてくれるのか」

ぼくは愕然と目を見開いた。すると、矢萩はふっと力が抜けたように笑う。

「無理だろう……?」

矢萩は小さく嘆息すると、ぼくのからだの上からゆっくりと退いた。

すっかり脱力しながらも、ぼくはあわてておからだを起こし、「矢萩」と声をかける。

その呼びかけから逃げるように、矢萩は窓ぎわに腰を下ろすと外のほうを向いてしまい、ぼくの顔を見ようとしなかった。

「……木田のうちに行ったときに、様子が変だったっておまえはいうけど、俺はあのときこう考えてたんだ。水森だって、女性とつきあってれば、木田みたいに家庭をもった。おまえがいつそのことに気づいて、俺とこうなったことを後悔するんだろうって。俺の気持ちに応えなければ、おまえはきっとそのうちに誰かと結婚しただろう。俺がその未来をつぶした。樋口さんのこともそうだ。いまさら彼女とおまえがどうこうなるとは心配していない。ただ、彼女のことを見ているうちに、もしも、おまえが彼女とうまくいっていたら……そう考えるかと思ったんだ」

(——うらやましくなかったか)

木田のうちからの帰り、公園でたずねられた台詞を思い出す。

矢萩がそんなふうに考えているとは思いもよらなかった。ぼくはあわてて「そんなことはない」と叫ぶ。

「俺はおまえの気持ちに応えたっていうよりも、俺もおまえが好きで——ただ、自覚するのに時間がかかっただけなんだ」

矢萩がどんな表情をしているのかわからないことがよけいに不安を煽《あお》った。振り向いてもらいたくて、ぼくは必死に言葉を継ぐ。

「俺は、おまえが好きだよ。ほんとに好きなんだ。おまえがずっと好きでいてくれたから、根負けしたわけじゃない。だって、おまえは……」

ぼくが夢中でいいかけると、矢萩は「わかってる」と遮った。

「水森の気持ちを疑ってるわけじゃない。だから、俺は自分がいらつくっていってるんだ。俺はおまえの唯一じゃない。いくらでもほかの道を選べた。そのなかから俺を選んでくれたっていうのに、俺はそれが不安なんだ。いっそのこと、おまえが俺しか知らなければいいのにと思うよ。俺はいったいなにをやってたんだろうな。ずっとそばにいたのに……どうしてもっと早くにおまえを自分のものにできなかったのかな。おまえが誰かと深くつきあう前にそうすればよかった。俺はそばにいたのに。その機会はあったのに。——そう考えると、キリがない」

自嘲するような声だった。

ぼくの脳裏には、高校のときから一緒に過ごした、矢萩の顔が浮かんでいた。いくつもの場面——一番鮮明に思い起こされるのは、大学のとき、眠っているぼくを矢萩が息を詰めるように見つめていた夏の明け方のこと。

「いっそのこと、無理矢理にでも抱いてしまえばよかった」

呟かれて、ぼくは矢萩が同じ場面を思い出しているのではないかと思った。あのとき、実際には矢萩はぼくにふれることもなく、まるで何事もなかったかのように「おまえにだけはそんなことはしない」といったのだ。あのときの振り返らない背中……。

「もし無理矢理にそんなことをしたら、水森に嫌われただけだって、わかってるんだ。おまえは俺を許さない。だから、無駄なんだって――それでも考えるんだよ。もっと早くに抱いておけば、悪いムシもつかなくてすんだのにって。これから先、樋口さんみたいな存在におびえることもなかったって。……馬鹿だろう？」

あのとき、矢萩がいったいどんな顔をしているのか、ぼくは見たくないと思った。

ぼくを無理矢理にでも抱こうと考えた――でも、それをしなかった矢萩の顔を。

ぼくは立ち上がっていって、矢萩の肩にそっと手をかけた。顔を覗き込もうとすると、矢萩はゆっくりと振り返り、ようやく目が合った。

無理に笑いに細められた瞳は、不安げに揺らいでいた。それを悟られまいとして、いつもどおりの表情をつくろうとするから、笑顔はゆがむ。

「俺は怖いんだよ。おまえが……俺のそばにいることが、決して幸せじゃないって気づいてしまうのが」

ぼくを見つめる矢萩のその顔を見た途端、まるで騙し絵の謎がとけるようにして、はっきりと浮かび上がってくるものがあった。

いま、ぼくには痛いほど矢萩の気持ちがわかる。

あれほどなにを考えてるのかわからないと思っていたのに。矢萩がなにを見て、なにを考えているのかがわかる。

胸が詰まって、なにもいえなくなりそうになったが、不思議とすんなりと声がでてきた。

「矢萩……。でも、俺はおまえと初めて一緒に寝たとき、幸せだって思ったよ。いつもそんなことを考えるわけじゃないけど、あのときはそう思ったんだ」

幸せなんて――自分で感じていても、ひとには見えないものなのに。

かたちのないものを目印にして話をするのは、ひどくおかしなことのような気がした。でも、そういう話をしてみたかった。

「さっき、おまえはもっと早くに――っていったけど、もし、昔、おまえが俺を無理矢理どうにかしてたら……俺はきっとショックを受けたと思うよ。おまえのことを許せなかったかもしれない」

矢萩はまるで自分がそうされたかのようにこわばった顔つきになって、「そうだよな」と呟く。

矢萩が「怖い」というのは、臆病だからではなくて、自分本位にものを考えずに、ぼくのことをつねに考えてくれているからだ。

普通は目がくらんでしまう。欲しかったら、欲望のために対象をねじまげてしまう。手に入れてしまえば、そこから先はなにがあっても幸せなのだといくらでも自分をだますことはできるから。だけど、矢萩はそれをしない。

目の前の想いだけではなく、もっと先の想いを見つめている。ぼくたちの先を——。

「無理矢理にされたら、ショックは受けるだろうけど……でも、きっとそのあとで、俺はどうしておまえがそんなことをしたのかって、ずっと考えるんだ。いつもそうなんだ。どういうつもりだったんだろうって、きっとそのことばかり考えるよ。そして、きっと——おまえのことを許すよ。ただ、時間がかかってしまうかもしれないけど……。だから結局はいまと同じことだよ。俺もどうしてずっと認められなかったんだろうって思うけど、早道なんてなかったんだ」

「——同じか」

矢萩はわずかに苦い笑みを見せた。

遠回りだったかもしれないけれども、ぼくはそれが無駄なことだったとは決して思わない。なぜなら……。

「それに、いまと同じだっていっても、厳密には同じじゃない。もし、そんなふうに一度でも無理矢理にされてたら、俺はやっぱり傷ついただろうし。だから……」

ぼくは矢萩の肩にそっと手を回して、抱きしめた。ふいに感情の栓が開いたようになって、そうせずにはいられなくて。

「ありがとう——俺を大切にしてくれて」

こめかみのあたりにキスをすると、矢萩の瞳が驚いたように揺らいだ。

「おまえがゆっくりとゆっくりとふれてくれたから、俺はいま、こんなふうにおまえが好きだっていえるんだ。だって、俺の頭のなかにはおまえがもう住んでるんだ。俺の心の一部みたいになってる……どうやって消せっていうんだ？」

熱いものがあふれてきて、それがぼくの声を震わせる。

「……俺にもおまえを大切にさせてくれ。俺はおまえを大切にしたいよ。こんなふうな気持ちにさせてくれるおまえを、なくしてしまうことなんて考えられないのに。あまりにも近すぎて、俺はなにもいわなくても、おまえには通じてるんだと思ってた。もし、通じてないのなら……これからちゃんというようにするから……なにか言葉が足りなかったら、そういってくれ」

こらえきれずに、ぼくは矢萩の肩に額を押しつけた。矢萩はなにもいわないままぼくの背中に腕を回して、やさしく抱きしめてくれた。

しばらくしてから顔を上げると、まるでぼくの熱いものが伝染したみたいに、わずかに矢萩の目が潤んで見えた。

「――もういい」

ようやく返された声は、小さくかすれていた。

「いいって……だって、俺は……」

「もういいんだ。充分だよ。言葉が足りなかったのは、俺も同じだ」

穏やかな眼差しで見つめられて、ぼくは再び目の奥が熱くなった。

「よくない。俺は、おまえが好きで……幸せでも、幸せじゃないときでも、おまえの隣にいつもいるのは俺だと思ってるのに。おまえが俺のそばにいないなんて考えられないのに……」

「──もうわかったから」

矢萩はどこか居心地が悪そうに「勘弁してくれ」と呟いてから、まるで口封じするようにキスしてきた。

「んっ……」

そのまま床に押し倒される。かさなって抱きあいながらキスをした。

なにかいうのももどかしいというように濃厚なくちづけを浴びせられて、脳が悪酔いしたみたいになる。珍しく饒舌《じょうぜつ》になりかけていたぼくの口は、あっけなく言葉を失った。

唇を離したときには、矢萩は笑っていた。先ほどの感情をこらえるための笑いではなく、心の底からおかしそうに──そして、少し照れたように、甘く細められる瞳。

心臓の鼓動がどうにかなりそうだと思っていると、矢萩はその楽しげな笑顔のまま、ぼくの鼻の頭にキスしてきた。

「どうしてくれるんだ？　そんなことをいわれたら、ますます水森のことを好きになる。俺をこれ以上、骨抜きにしないでくれ」

キスしているうちに、からだの温度があがっていって、その熱を解放しなければどうにもおさまりがつかなくなった。

「あ……」

ベッドの上に横たえられて、シャツを脱がされるときに、わずかに指の先が胸にふれただけで、ぼくは深い息を吐いた。

「――敏感になってる？　しゃべりすぎたんで、興奮してるんじゃないのか」

「変なこというなよ……」

腕からシャツを抜いているうちに、矢萩がぼくの胸の先を指で意地悪くとらえる。

「だって、かわいい反応示してる。もう硬くなって……」

「馬鹿。寒いから……」

もう春めいた陽気になってきているとはいえ、先ほど空気の入れ換えをしたせいで、部屋はひんやりとした空気に満ちていた。

しかし、室温のせいだけではなく、ぼくの敏感な突起は、矢萩の指のなかで明らかに興奮を訴えている。

「あっためてやるよ」

矢萩はふいにぼくをぎゅっと抱きしめてきた。押しつぶされるのではないかというくらいの勢いに、ぼくは思わず「うっ」と声を上げる。

「水森……」

耳もとに吹き込まれる心地よさそうな声を聞いたら、文句をいう気も失《う》せて、全身の力が抜けた。

胸の先から疼きかけた熱はははぐらかされたままで、矢萩はまるでそのまま眠りにでもつくような穏やかな呼吸でぼくの首すじに顔を埋めた。

ぼくはしばらく矢萩に抱きしめられるままになって、ぼんやりと天井を眺めていた。窓のほうにちらりと目をやると、相変わらず明るい青い空が見えた。

不思議とカーテンを閉めなければ——という考えが浮かんでこなかった。

昼間の陽の下で、こんなふうに裸になって抱きあうことに抵抗がないはずはないのに、頭のなかにぼんやりとした熱がともっているせいか、羞恥《しゅうち》は感じなかった。

ただ、あったかくて気持ちがいい。

ふたりのあいだにある、肌のぬくもりだけがリアルで、そのほかのものはどこか遠くに感じられた。窓の外に見える風景さえも——こうして抱きあっている矢萩の存在に比べたら、くすんだように色を失う。

そのまま微睡《まどろ》むように抱きあっていてもよかったけれども、時折、耳もとにチュッとキスをくりかえされるうちに、下半身のくすぶりに火がついた。

自分でももてあますような、やっかいな熱。

矢萩も同じ気持ちだったらしく、徐々にキスする呼吸が乱れてくる。そうして思い出したように、こわばった乳首にふれてくる。

ゆっくりと頭をおろしていって、胸もとにそっと唇を這わせる。そして、舌先でつついて、甘い果実を吸うように唇に含んで……。

「──あ……」

下腹のものに添えられている指先も意地悪く動くので、こらえようとしても腰が揺れてしまう。息が荒くなるたびに、頬に火花みたいな熱が走った。

やがて、矢萩はぼくの足のあいだに顔をうずめると、すっかり力が抜けてしまった足を恥ずかしいくらいに開かせる。すべてをさらけだされた体勢にされて、後ろのほうにもしつこく唇を這わせられて、ぼくは身悶えた。

「や……も、いい……」

腕を伸ばして髪の毛をつかんで訴えると、矢萩はふっと唇を離した。

「水森は……さっき、俺が自分の一部みたいになってるっていったな。俺もおまえのことをそんなふうに思うよ。おまえが俺の一部だっていうなら、俺のなかで、おまえが一番きれいだ」

どんな姿を見られている最中かと考えると、さすがに目の前がちかちかして真っ赤になった。

「……黙れ……」

「さっきは水森のほうが殺し文句を連発して、俺の息の根を止めそうになったじゃないか。俺が頭のなかに住んでるっていうのなら、俺がいまどんな気持ちになってるのか、わかるだろ」

再びいやがっている部分に顔を埋める。逃げようとしても、腰をしっかりと押さえつけられて、どうしようもなかった。熱い吐息が、ぼくの一番深い部分をなでる。

「水森のこと——全部かわいがりたくなって、たまらなくなってる。それに、俺が一部なら、もう恥ずかしいことなんてないだろ」

「……そういう意味じゃない……いうんじゃなかった。おまえ、最低……」

唇でゆるめたところに指を入れられて、じわじわとその場所の快感を呼び覚まされる。

同時に猛りきったものを舌でかわいがられて、ぼくはこらえきれずに短いうめきを上げながら果てた。

「水森……」

荒い息を吐いているぼくの唇を、矢萩がキスでふさぐ。

唇が離れたすきに、ぼくは身を起こして、矢萩の腰のものに手を伸ばそうとした。

「俺も、おまえの……」

すると、腕をとらえられて、引き上げるように抱きしめられる。

「いいよ」

「なんで？　いやなのか？　下手かもしれないけど……」

「いい――」

矢萩はあっというまに体勢を逆転させて、ぼくを組み敷く。

「いまは――ここがほしい」

切羽詰まった声で囁かれて、つながる部分に手を差し入れられ、ぼくは真っ赤になった。

矢萩はぼくの腰をかかえあげるようにして、からだをすすめてくる。舌と指でなぶられて、やわらかくなっているそこは、大きな怒張をきしみながら受け入れた。

「あ……」

きつい感触になっているのが、自分でもわかった。矢萩も腰を動かしながら、眉をよせている。

「水森……」

何度かゆっくりと前後させられているうちに、慣れてきたそこが、矢萩のものをつつみこむように締めつける。穿たれる快感がじわじわと内部に広がっていく。

ぼくが細く裏返った声を上げると、矢萩も感じるのか、さらに険しい表情になって、奥へと突き入れる。

ひたすら夢中になったように腰を使われているうちに、今度は二人のあいだにあるのが荒い息遣いだけというのが気恥ずかしくなった。

なにかしゃべってほしい。でなければ、こうしてつながっているいま、ぼくのすべてが洩れて伝わってしまうような気がした。

怖さを突き抜けて、ぞくりとした心地よいふるえが走る。

すべてをさらけだしている——からだじゅうの細胞がつながっている、そんな感覚。

「や……」

深い場所から突き上げてくるものがあって、全身が快感を訴えているのに、いや——と、口からは甘くかすれた悲鳴が洩れた。

「水森……」

ぼくを押さえつけるようにして、矢萩はよりいっそうぼくの中に深く入り込み、腰を揺すり立てる。

あまりにも感じすぎて怖くなっていると、まるでなだめるように矢萩はぼくのこめかみや耳もとにキスをしてくる。大丈夫だから——と。

ぼくが甘えるように背中に回した腕に力を込めた途端、矢萩は再び激しく腰を揺らした。

「——あっ……や……」

互いに苦しいほどの息を吐きながら、のぼりつめようとする熱が合わさって溶けていく。

自分のからだのなかで矢萩が爆《は》ぜるのを感じながら、狂おしいような熱を再び吐きだして、息が止まりそうになった。


一眠りしたところで、矢萩がベッドから起き上がる気配に目が覚めた。

中途半端に眠ってしまったから、よけいにだるい。すでに西日が差す時間帯になっていて、部屋のなかを眩しく染めている。

ぼくはぼんやりとしたまま、シャツに腕を通している矢萩の背中にそっと手を伸ばした。

「寝てていいよ。ちょっと外に出てくるから」

「どこに……?」

「不動産屋。今日はもう物件を見て回るのは無理だけど、少しのぞいてくるよ」

「……俺も行く。夕飯の買い物もあるし」

ぼくは重いからだを起こして、そこらへんに散らばっている服を拾って身につける。隣で矢萩がからかうような目をした。

「夕飯なんて、明太子があるじゃないか。水森の元彼女からのプレゼントが」

「嫌味か。もちろんあれも食わせる。いやだなんていうなよ」

「――いわないよ」

矢萩はやわらかい笑みで応える。

ふいに落ちる静けさに、なぜだか息を呑んだ。

矢萩がそっとぼくの頬に唇を寄せてくる。なんの脈絡もなくキスされて、胸が落ち着かない音をたてた。

ほんの軽いキスをしただけで、矢萩がなにもいわずにそのままからだを離したので、拍子抜けする。

淡い接触に、いったいいまのはなんなんだろうと、よけいに心臓の鼓動が高鳴る。

そういえば、このあいだの明け方にも、こんなふうに空気みたいなキスを頬にされたことを思い出す。

でも、あのときとは感覚がまったく違う。

あのときは消えてしまいそうなキスだと思ったけれども、いま、ほんの一瞬ふれただけの熱は、いつまでも胸のなかに尾を引いて残る。見えないものでも、そこにあるものの象徴みたいに。

ぼくが首をかしげていることなどおかまいなしに、矢萩は着替えてベッドから立ち上がると、部屋のなかをあらためて見渡した。

「この部屋にもよく遊びにきたよな……回数にすると、どのくらいになるのかな。覚えてないな」

そう呟く背中を見ているうちに、頭のなかに記憶のフィルムが回りはじめる。学生のころ、矢萩が遊びにきたときのこと。さまざまな季節に、鮮やかな色を落とすように刻まれた想いのひとつひとつが思い起こされて、静かにぼくの心を満たしていく。

そして、矢萩とよく電話していた深夜の場面も思い出す。よく響く低い声を聞きながら、自分が目をつむっていたこと——。

気がつくと、同じように瞼《まぶた》を閉じていた。

「……水森」

行かないのか、というように声をかけられて、ぼくははっとしてあわてて立ち上がった。矢萩はもう歩きだしていた。上着を羽織って、玄関へと向かう。

外に出て、階段を先に下りていく矢萩の後ろ姿を見つめているうちに、先ほどと同じように頭のなかで映像が回りはじめる。

ゆっくりと巻き戻されていって、コマ送りされて、再び現在の場面に戻る。そして、その先は——。

ぼくは階段を下りながら、まだ見えないその先を見つめる。遥《はる》か遥か遠くを。

階段を下りきったところで、矢萩が足を止めて、ぼくを振り返った。

「水森――一緒に暮らそうか」

いきなりそう告げられて、足がもつれてしまいそうになった。なんとか手すりにつかまって体勢を立て直したぼくを、矢萩はおかしそうに見つめている。その目のなかにはいっときの激しい熱情だけでは終わらない、とても柔軟で、いつまでも残りそうな、やさしい熱があった。たぶんぼくと同じ先を見ようとしている瞳。

不意打ちもいいところだと思いながらも、ぼくは頷いた。

「やっといった」

笑いながら睨みつけると、矢萩はとぼけた顔をした。

「そりゃいうよ。なにせ俺は水森の頭のなかにもうすでに住んでるらしいから」

「……おまえにいうんじゃなかった。俺の一生の不覚だ」

「いいじゃないか、たまにはリップサービスしろよ」

「だってずっとそのネタ使いそうだろ」

矢萩は「当然」と得意げに応える。

しかめっ面になりながら、ぼくは少し早足になって階段を駆け下りる。こづかれるのがわかっていたのか、矢萩はぼくが伸ばした指先を、ひょいとかわす。互いの目のなかに笑いがはじけた。

「行こうか」

ぼくが隣に並ぶと、矢萩は待っていたように歩きだす。

唇に矢萩と同じようにやわらかな笑みがのぼってくるのを噛みしめながら、まるでカメラのシャッターを切るように一瞬だけ目を閉じて、この瞬間の情景を記憶する。

幸せか、幸せじゃないのかなんて、あらためて考えやしないけれども、できればこの先、ふたりの上に落ちてくる幸も不幸もわけあっていけたらいいのに——そう思う。

ゆっくりとゆっくりと前に進む。このまま同じ空気に包まれて、同じ方向を見て、同じ速度で歩いていく。ふたり並んだまま——そんな記憶の映像が、この先もずっと途切れることなく続いていくことを願いながら。

あとがき

はじめまして。こんにちは。杉原理生です。

このたびは拙作『スローリズム』を手にとってくださって、ありがとうございました。

雑誌掲載作の『テレビの夜』を収録した『いとしさを追いかける』を出してから、「次は『スローリズム』ですか」とご質問をいただくたびに早くなんとかしなければ……と思っていたので、文庫にすることができて念願が叶いました。

しかし、実はあまり続編を書くのが得意ではないうえに、五年ぶりということもあって、書き下ろし部分は気持ちがのってくるまでに苦労しました。でも、いったん作品世界に入り込んでしまうと、水森と矢萩は書きやすいタイプなので、楽しんで書くことができました。

雑誌で読んでいた方に作品を好きだといってもらえるのはうれしい反面、わたしはものすごくヘタレなので、期待にこたえなきゃいけないと思うと、肩に力が入りすぎしまうんですが……でも、そのプレッシャーがなければたぶん書かないし、書けないいんだろうなと思います。

今回も書きはじめてみたら、雑誌掲載時には見えてこなかった続編の着地点がぱーっと浮かんできて、それをかたちにすることができて満足です。

さて、お世話になった方々に御礼を。

イラストは、木下けい子先生にお願いすることができました。木下先生の描かれる漫画の空気感が好きなので、引き受けていただいたときにはとてもうれしかったです。ラフを拝見した夜には大人げなく興奮しすぎて眠れず、ただでさえ短い睡眠時間がさらに短くなりました。素敵な絵をありがとうございました。

お世話になっている担当様、書きたいように書かせてもらって、ほんとに感謝しています。頑張って原稿で恩返しを——と思っておりますので、これからもどうぞよろしくお願いいたします。

そして読んでくださった皆様にも、あらためて御礼を申し上げます。

続編のラストシーンは珍しく気に入っています。それが書けたのも、「続きを読みたい」という声をきかせてくれた方々のおかげです。ありがとうございました。

お話を書いてるとき、自分の頭のなかに広がっている情景が読んでくださった方にも同じように伝わればいいなと思うことがあります。それはとても難しいのですが——もし、少しでも伝わって、気に入っていただけたのなら書き手としては幸いです。そして、感想など聞かせていただいたときには、やはりいまだに夜も眠れなくなってしまうほどうれしいです。

杉原　理生

✦初出　スローリズム ………………小説b－Boy（2003年2月）
スローリズム 2……………書き下ろし

杉原理生先生、木下けい子先生へのお便り、本作品に関するご意見、ご感想などは
〒151-0051 東京都渋谷区千駄ヶ谷 4-9-7
幻冬舎コミックス　ルチル文庫「スローリズム」係まで。

幻冬舎ルチル文庫

スローリズム

2008年3月20日　　第1刷発行

✦著者	杉原理生　すぎはら りお
✦発行人	伊藤嘉彦
✦発行元	株式会社 幻冬舎コミックス 〒151-0051 東京都渋谷区千駄ヶ谷 4-9-7 電話 03(5411)6432［編集］
✦発売元	株式会社 幻冬舎 〒151-0051 東京都渋谷区千駄ヶ谷 4-9-7 電話 03(5411)6222［営業］ 振替 00120-8-767643
✦印刷・製本所	中央精版印刷株式会社

✦検印廃止

ISBN978-4-344-81297-0　C0193　Printed in Japan